to

fiction

to 16
過於喧囂的孤獨
Příliš hlučná samota
作者：博胡米爾．赫拉巴爾（Bohumil Hrabal）
譯者：楊樂雲
責任編輯：沈子銓
校對：魏秋綢
封面設計：簡廷昇
內文排版：宸遠彩藝
印務統籌：大製造股份有限公司
出版者：大塊文化出版股份有限公司
台北市 10550 南京東路四段 25 號 11 樓
www.locuspublishing.com
讀者服務專線：0800-006689
TEL：(02)8712-3898　FAX：(02)8712-3897
郵撥帳號：18955675　户名：大塊文化出版股份有限公司
法律顧問：董安丹律師、顧慕堯律師

總經銷：大和書報圖書股份有限公司
地址：新北市 24890 新莊區五工五路 2 號
TEL：(02)8990-2588　FAX：(02)2290-1658

初版一刷：2002 年 12 月
四版一刷：2024 年 5 月
四版二刷：2024 年 12 月
定價：新台幣 270 元
ISBN：978-626-7388-86-0

過於喧囂的孤獨

Příliš hlučná samota

作者
博胡米爾・赫拉巴爾
Bohumil Hrabal

譯者
楊樂雲

譯序

中魔者的愛情故事

《過於喧囂的孤獨》是捷克當代著名作家博胡米爾·赫拉巴爾（Bohumil Hrabal，一九一四至一九九七）的代表作，是他許多優秀作品中思考最深、醞釀最久的一部傳世之作。

博胡米爾·赫拉巴爾被稱為本世紀下半葉捷克先鋒派作家最重要的代表。他出生在布爾諾，童年和青少年時期均在小城市寧布爾克（Nymburk）度過，父親是該市啤酒釀造廠的經理，母親為業餘演員，家庭生活優裕。一九三五年入查理大學（Univerzita Karlova）攻讀法律。一九三九年德國納粹占領軍關閉了捷克斯洛伐克所有的高等學府，赫拉巴爾因而輟學，戰後回校完成學業並取得法學博士學位。自一九三九年起，有二十餘年時間，他先後從事過十多種性質不同的工作，當過公證處職員、倉庫管理員、鐵路工人、列車調度員、保險公司職員、鋼鐵廠的臨時工、廢紙收購站打包工、劇院布景工和跑龍套演員等等。一九六二年以後專門從事寫作。多種多樣的生活經歷為他的小說創作積累了豐富的素材，他曾說過：「我的作品實際上是我生活的註釋。」也正是由於他長期生活在普通勞動人民中間，他的小說才有那樣濃厚的鄉土氣息，被認為是最有「捷克味」的捷克作家。

赫拉巴爾的創作生涯起步較晚。在一篇題為〈我為什麼寫作〉的文章中，他回憶說：「二十歲以前，我壓根不懂什麼是寫作，什麼是文學，中學時期我的語文成績經常不及格。」但二十歲以後，他迷上了文學，並在寫作中找到了極大的樂趣。他起初寫詩，但從未出過詩集，後來轉而專寫小說。

赫拉巴爾的第一本短篇小說集《底層的珍珠》於一九六三年問世，那時他已四十九歲。不過，他的小說創作活動實際上在五〇年代或更早一些時候便已開始，只是在當時的歷史條件下，他的小說大多未能與讀者見面。《底層的珍珠》出版後立即受到重視，許多評論家看出作者已是一位有獨創性的成熟作家。次年，他的另一本更有代表性的短篇小說集《中魔的人們》出版，引起很大的反響。「中魔的人們」原文「pábitelé」，是赫拉巴爾自己造出來的一個捷克新詞，用以概括他小說中一種特殊類型的人物形象。由於這個詞以及由之而來的「pábení」（中魔）在辭典中無從查找，赫拉巴爾在不同場合會對這個詞的含義作過反覆闡釋，他說「中魔的人」是這樣一種人：他們善於從眼前的現實生活中十分浪漫地找到歡樂，「善於用幽默，哪怕是黑色幽默來極大地妝點自己的每一天，甚至是悲痛的一天」。中魔的人透過「靈感的鑽石孔眼」觀看世界。他看到的汪洋大海般的美麗幻景使他興奮不已，讚嘆不已，於是他滔滔不絕地說了起來，沒有人聽他說的時候，他便說給自己聽。他講的那些事情既來自現實，又充滿了誇張、戲謔、怪誕和幻想。由於這個詞是赫拉巴爾創造的，譯者只得憑自己對這位作家及其作品的理解和體會，姑且譯為「中魔」。另有譯者建議乾脆音譯為「巴比代爾」並附以說明。這也未始不是個辦法。

六〇年代初，捷克文壇擺脫了僵硬的教條主義路線的束縛，作家們都在尋找和探索新的創作道路。赫拉巴爾把「中魔」看作他創作實踐中的一個新嘗試，想「看看小說能否以另一種形式寫成」，「寫出從形式到內容都一反傳統的作品來」。他的「中魔的人」表面上看來豪放開朗、詼諧風趣，但他們透過「靈感的鑽石孔眼」展示的世界與現實形成強烈的反差，從而映襯出主人公處境的悲慘，帶有悲劇色彩。

《過於喧囂的孤獨》是赫拉巴爾晚年的作品，在風格上與他早期的小說略有不同。這部小說透過廢紙收購站的一個老打包工漢嘉的通篇獨白，講述他在這裡工作了三十五年的故事和感想。赫拉巴爾於一九五四至一九五八年，在布拉格的一個廢紙收購站當了四年打包工。據他自己說，他到這裡工作之後不久，便產生了要寫這麼一篇小說的想法。這個想法在他腦海裡醞釀了二十年之久。廢紙收購站的四年生活給他的感受如此之深，使他一直沒有放棄這個題材，而是不斷地對它加以補充，進行反覆的深刻思考，直到主人公漢嘉與他自己融為一體。這部小說的寫作過程也很不一般，他推倒重來一共寫過三稿：第一稿作者自稱是「一部阿波里奈爾（Guillaume Apollinaire）式的詩稿」，因為他「把整個故事看成僅僅是抒情詩了」；第二稿改為散文，用的是布拉格口語，但他覺得缺乏嘲諷味兒，即我們在文中感受的黑色幽默。他認為一個透過閱讀廢紙收購站的舊書而無意成為文化人的主人公，用口語作獨白不很合適，於是又改用作者所說的「一絲不茍的嚴謹語言，捷克書面語」寫出了第三稿。這一稿讀來猶如一部憂傷的敘事曲，他滿意地說：「直到現在這個故事才是動人的。」他自己被感動得幾乎落淚。小說完稿的時間是一九七六年，但當時無法問世，只得放在抽屜裡。一九八七年，作家瓦楚里克（Ludvík Vaculík）用自行刊發的形式將它出版，讓它與讀者見面。這部佳作直到一九八九年底，才由捷克斯洛伐克作家出版社正式出版。

赫拉巴爾小說中的主角都是普通人，是他自己與之等同並稱之為「時代垃圾堆上」的人。這些人的處境往往很悲慘。《過於喧囂的孤獨》中廢紙收購站的老打包工漢嘉就是一個處於社會底層的普通人。他孑然一身，沒有妻兒、親友，終日在骯髒、潮溼、充塞著黴味的地窖裡用打包機處理廢紙和書籍。他渾身髒臭，偶爾拿著啤酒罐走出地窖去喝啤酒時，他那副尊容使啤酒店的女服務員背過身去，因為他手上染著血汙，額頭貼著被拍死的綠蠅，袖管裡竄出一隻老鼠。就這樣的生活，他年復一年度過了三十五個春秋。他沒有哀嘆命運的不濟、社會的不公，卻把這分苦差事看作他的「love story」，把陰暗潮溼的地下室看作「天堂」。他說三十五年來，用打包機處理廢紙和書籍使他無意中獲得了知識，他的「身上蹭滿了文字，儼然成了一本百科辭典」，他的腦袋「成了一只盛滿活水和死水的罈子，稍微傾斜一下，許多滿不錯的想法便會流淌出來。」他滿懷深情地講述他的「愛情故事」，訴說他對視如珍寶的書籍的青睞，細緻入微地描繪讀書的樂趣，以及從廢紙堆中救出珍貴圖書給他帶來的喜悅。他沉痛地傾訴當他目睹人類文明的精華、世界文化巨擘的著作橫遭摧殘時，心頭感到的痛惜與憤懣。由於這一切都出自一個普通老打包工之口，讀來格外扣人心弦。《過於喧囂的孤獨》或許可以說是這位作家的最後一部傳世之作。他自己對這部作品曾說過這樣的話：「我之所以活著，就為了寫這本書」，「我為《過於喧囂的孤獨》而活著，並為它而推遲了死亡。」誠然，赫拉巴爾在這部作品裡傾注了他一生對人類文明和進步的深刻思考，無限的愛和憂慮。

赫拉巴爾的晚年過得不幸福。他沒有兒女，妻子去世後他生活孤單。一九八九年十一月捷克政體改變之後，輿論界對他偶有微詞，不公正的指責刺傷著他敏感的心。一九九六年底，他因患關節炎、脊背痛而住進醫院。次年二月三日，正當他將病癒出院之際，人們發現他突然從病房的五層樓窗口墜落身亡。這一悲劇是出於自殺還是由於探身窗外餵鴿子時的不慎失誤，無人說得清。它將永遠是個謎。對於廣大讀者來說，在悼念、惋惜之餘，不免要把這個謎與他筆下經常出現的人物聯繫起來加以猜測，感到它多少帶有些「中魔」的色彩。

唯獨太陽有權力身上帶著斑點。

—— 歌德 ——

1

三十五年了，我置身在廢紙堆中，這是我的 love story。三十五年來我用打包機處理廢紙和書籍，三十五年中，我的身上蹭滿了文字，儼然成了一本百科辭典——在此期間我用打包機處理掉的這類辭典無疑已有三噸重，我成了一只盛滿活水和死水的罈子，稍微側一側，許多滿不錯的想法便會流淌出來，我的學識是在無意中獲得的，實際上我很難分辨哪些思想屬於我本人，來自我自己的大腦，哪些來自書本，因而三十五年來，我和自己、和周圍的世界相處和諧，因為我讀書的時候，實際上不是讀，而是把美麗的詞句含在嘴裡，吸吮糖果似地吮著，品烈酒似地一小口一小口地呷著，直到那詞句像酒精一樣溶解在我的身體裡，不僅滲透我的大腦和心靈，而且在我的血管中奔騰，衝擊到我每根血管的末梢。每一個月，我平均用打包機處理兩噸重的書籍，為了找到足夠的力量來從事這項神聖的勞動，三十五年中，我喝下的啤酒灌滿一個五十公尺長的游泳池，灌滿一大片聖誕鯉魚[1]的養殖缸，也綽綽有餘了。我在無意中有了學問，現在我確知我的大腦是一堆被打包機擠壓得嚴嚴實實的思想，一大包觀念，我掉光了頭髮的腦袋是灰姑娘的核桃[2]。我相信在那樣的時代，當一切思想都只記載在人的腦海中時必定格外美好，那時倘若有人要把書籍送進打包機，他就只得放入人的腦袋，然而即使這樣也無濟於事，因為真實的思想來自外界，猶如容器裡的麵條，人只是隨身攜帶著它而已，因此全世界的柯尼阿什[3]們焚書是白費力氣，如果書上記載的言之有理，那麼焚燒的時候便只會聽到書在竊竊暗笑，因為一本地道的好書總是指著別處而溜之大吉。我買過一個計算機，能加減乘除，還能開方，一個不比小皮夾大多少的小玩意兒。我曾壯著膽子，用起子撬開它的後蓋，不勝驚異地發現，裡面除了郵票般大、十張書頁那麼厚的一個小方塊之外便只有空氣了，滿載著數學變化的空氣。當我的目光落在一本有價值的書上，當我一行行閱讀這些印刷的文字時，這書留下的也唯有非物質的思想而已，這些思想扇動著翅膀在空氣中飛，在空氣中滑翔，賴空氣生存，回歸於空氣，因為歸根究柢一切都是空氣，正像教堂裡的聖餐，既是基督的血又不是。三十五年來，我處理廢紙和書籍，而我生活在一個已有十五代人能讀會寫的國土上，居住在過去曾經是王國的地方，在這裡，人們過去和現在都有一種習慣、一種執著性：耐心地把一些思想和形象壓進自己的頭腦，這給他們帶來難以描述的歡樂，也帶來更多的痛苦，我生活在這樣的人民中間，他們為了一包擠壓嚴實的思想甘願獻出生命。現在這一切都在我的身上重演，三十五年來我按動這臺機器的紅色和綠色按鈕，三十五年來我喝著一杯又一杯的啤酒，不是為了買醉，我憎惡醉

1 編註：捷克、斯洛伐克、波蘭等中東歐國家有在平安夜食用鯉魚料理的習俗。（未標示編註之註釋皆為譯註。）

2 根據《灰姑娘》童話，仙女從一只核桃中給灰姑娘變出了美麗的衣裙。

3 柯尼阿什（Antonín Koniáš），捷克狂熱的耶穌會傳教士，反基督教改革運動的代表，曾焚毀捷克書籍三萬餘冊。

鬼，我喝酒是為了活躍思維，使我能更好地深入到一本書的心臟中去，因為我讀書既不是為了娛樂，也不是消磨時光，更不是為了催眠，我，一個生活在已有十五代人能讀會寫的國土上的人，我喝酒是為了讓讀到的書永遠使我難以入眠，使我得了顫抖症，因為我跟黑格爾的觀點是一致的：高貴的人不一定是貴族，罪犯不一定是凶手。如果我會寫作，我要寫一本論及人的最大幸福和最大不幸的書。透過閱讀，我從書本中認識到天道不仁慈，一個有頭腦的人因而也不仁慈，並非他不想仁慈，而是這樣做違背常情。珍貴的書籍經過我的手在我的打包機中毀滅，我無力阻擋這源源不斷、滾滾而來的巨流。我只不過是一個軟心腸的屠夫而已。書教會了我領略破壞的樂趣，我喜歡滂沱大雨，喜歡爆破隊，我常常一站幾個小時，觀看爆破專家們怎樣像給巨型輪胎打氣似的，以一個協調的動作把一排排屋宇、一條條街道炸毀，那起爆的時刻總使我百看不厭，所有的磚頭、石板、梁木統統被舉了起來，房屋隨即像件衣裳似的靜靜地坍塌，猶如遠洋輪船在鍋爐爆炸之後迅速沉入海底。我站在鋪天蓋地的塵埃中，傾聽著爆炸的樂曲，心裡想著我在深深的地下室裡的工作，那裡有一臺打包機，我在它的旁邊，在幾盞電燈的照明下工作了三十五年，我聽得見上面院子裡來往行人的腳步聲，地下室的天花板上開了一個洞，形形色色的東西有如天上撒下的豐饒角[4]似的從這個洞口落下來，一只只大袋、一個個木箱或紙箱搬到洞口，傾倒下來的物品中有花店買來，現已枯萎的花枝、批發店的包裝紙、舊節目單和廢車票、裹冰棒和冰淇淋的紙、濺著繪畫顏料的廢紙、屠宰場送來的大批溼漉漉、血跡斑斑的包肉紙、照相館切削下來的扎手的尖角、辦公室字紙簍的廢紙和打字機色帶、慶賀生日和命名日的花束，有時倒下來的報紙中捲著一塊鋪路的大鵝卵石，這是為了過磅時增添一點分量，此外還有誤扔的剪刀、錘子和拔釘器、肉店的砍肉刀和殘留著咖啡渣的杯子，不時還有枯萎了的婚禮花束以及葬禮上色彩鮮豔的紙花圈。三十五年來，我用打包機把這些

4 象徵豐饒的羊角。根據希臘神話，自然女神阿摩笛亞（Amalthea）的羊角具有魔力，能立刻裝滿它主人所希望得到的任何東西。

東西壓碎，打成包，每週三次有卡車開來把包運走，送到火車站，由火車運往造紙廠，在那裡工人們剪斷捆包的鐵絲，把我的勞動果實倒入鹼和酸的溶液中，其強度足以溶化那些總是割破我手指的剃刀。然而，正如流經工廠區的渾濁河水中偶爾會有美麗的小魚閃現一樣，在這廢紙的長河中，不時也會有珍貴書籍的書脊放出奪目的光彩，我的眼睛被它耀得發花，我朝別處望了片刻，然後才迅速把它撈出來，先在圍裙上抹抹，翻開書頁聞聞它的香味，這才像讀荷馬預言似的讀了第一句，它牢牢地吸引住了我的視線，之後我把它收藏在一只小箱子裡，和我發現的其他珍貴書籍放在一起，小箱子裡鋪了許多聖像畫，是不知什麼人連同一些祈禱書誤扔進地下室的。後來，這成了我的彌撒，我的宗教儀式，這些書我不僅每一本都仔細閱讀，而且讀過之後還在我打的每個包裡放進一冊，因為每個包我都要給它裝飾打扮一番，必須讓它帶著我的個性，我的花押。要讓每個包都具有特色可是件煞費腦筋的事情，為此我每天在地下室得多幹兩個小時，提早一個小時上班，有時連星期六也得賠上，把永遠堆積如山的廢紙送進機器打包。上月，有人送來六百公斤繪畫大師的複製品，扔進地下室，六百公斤浸透了水的林布蘭、哈爾斯、莫內、克林姆、塞尚，以及歐洲其他繪畫巨匠的作品，我於是在每個包的四周裹上一幅名畫複製品，到了傍晚，當這些包整齊地堆放在升降梯旁邊等待運走時，它們身上裹著的美麗畫幅使我怎麼也看不夠，瞧，這張〈夜巡〉，這幅〈莎斯姬亞像〉，這幅〈草地上的午餐〉，這張〈縊死者之家〉，這張〈格爾尼卡〉。另外，在這個世界上唯有我知道每一包的中心還藏著一本名著，這個包裡是翻開的《浮士德》，那包裡是《唐・卡洛斯》[5]，這兒裹在臭烘烘的紙張中、封皮染有血汙的是《許佩里翁》[6]，那兒，裝在舊水泥袋裡的是《查拉圖斯特拉如是說》。因而，在這個世界上唯有我知道，哪個包裡躺著——猶如躺在墳墓裡——歌德、席勒，哪個包裡躺著賀德林，哪個包裡是尼采。從某種意義上說，我既

5 《唐・卡洛斯》（*Don Carlos*），為德國詩人、劇作家席勒（Friedrich von Schiller）的名劇。

6 《許佩里翁》（*Hyperion*），德國詩人賀德林（Friedrich Hölderlin）創作的著名小說。

是藝術家又是觀眾，為此我每天都搞得疲憊不堪，身上擦破了皮，劃了口子，累得要休克，為了緩解和減輕這巨大的體力消耗，我一杯接一杯地喝啤酒，上胡森斯基酒店喝啤酒的時候，一路上我有足夠的時間琢磨、幻想下一個包該是什麼樣。我灌下那麼多的啤酒，為的是更清晰地看到前景，因為我在每一個包裡藏了一件珍貴的遺物，一口沒有蓋的兒童小棺材，撒滿了枯萎的花朵、碎錫紙角、天使的頭髮，我給書籍鋪了一張舒適的小床，它們像我一樣莫名其妙地來到了這間地下室。因此，我幹活老是無法完成任務，院子裡的廢紙堆得山一般高，都頂到天棚了，從洞口倒進我地下室的廢紙也堆積如山，和院子裡的那座山連接了起來。因此主任有時用鐵鈎扒開洞口，臉氣得通紅朝我叫嚷：「漢嘉，你在哪兒？看在上帝的分上，別兩眼死盯在書上，給我幹活！院子裡的書都堆到天邊了，你還在下面做糊塗夢、幹蠢事、玩紙塊！」我縮著身子躲在紙山腳下，猶如亞當縮著身子躲在灌木叢裡[7]，我手裡攥著一本書，睜大驚恐的眼睛望著另外一個世界，不是我剛才置身於其中的世界，因為我只要一捧起書，我就完全進入了書中的天地，對此我自己也感到驚訝，我不得不慚愧地承認，我確實在夢境中，在一個美麗的世界，在真理的中心。每天有十次我會猛然驚醒，奇怪自己怎麼這樣走神。下了班我也是心神不寧，掉了魂似的走回家去，一路上默不作聲，深深地沉浸在冥思浮想之中。我穿過街道，繞過電車汽車，走在書的雲霧中，這些書是我當天發現的，我把它們放在皮包裡帶回家，我夢遊似的在綠燈下過了馬路，下意識地，卻也沒有撞在電線桿或行人身上，我只是邁動兩條腿走著，身上泛出一股啤酒和汗垢的臭味，但我臉上含笑，因為皮包裡裝著我晚間要讀的書，期望著它們將會告訴我迄今我尚不了解的有關我自己的一些事情。我在喧鬧的街道上走著，從沒有闖紅燈，我善於在無知覺的下意識中，在半睡半醒的狀態下，在潛意識的鼓舞中行走。我一天中打出的包一一在我心中輕輕地、靜靜地隱沒，而我確確實實感覺到自己是一個

7 亞當違背上帝的命令，吃了伊甸園的禁果，知道自己赤身裸體，因此上帝來時便躲在樹木叢中。詳見《聖經：創世紀》。

打成的包，在我心裡有一盞小小的羯磨[8]之燈，氣體冷卻器中的小火苗，一盞永恆的小油燈，每天我把思想的油注入這盞燈，是我勞動時不由自主地從書籍中，就是我裝在皮包裡帶回家去的書籍中讀到的思想。因此，我走回家去有如一座燃燒的房子，有如燃燒的馬廄，生命之光從火焰中升起，火焰又從木頭的死亡中產生，含有敵意的悲痛藏在灰燼的下面，三十五年來我用打包機處理廢紙，再過五年我將退休，到時候這臺機器將隨我一起退休，我不會撂下它的，我積攢了錢，為這臺機器另外開立了一個帳戶，我將和機器一同退休，因為我將買下它，把它帶回家，安裝在舅舅的花園裡，放在樹叢中，到那時候，在花園裡，我每天只打一個包，但它將比現在的大好幾倍，宛如一尊雕像，一個龐然大物，我將把我年輕時所有的幻想，我掌握的一切知識，三十五年來我從工作中和透過工作學到的一切統統放進包裡，因此退休之後，我在心中有所觸動、在靈感到來的時候幹活，每天只打一個包，用我家裡現有的超過三噸重的書籍。這個包將不會讓我為它感到羞愧，它將是我事前經過充分想像，經過深思熟慮之後才著手製作的。不僅如此，我將把書本和廢紙整齊地排列在機槽裡，在進行這項美的創造時，在按動按鈕之前，我將撒下五彩紙屑和金屬小圓片，每天製作一個包，一年後在花園裡舉辦展覽會，展覽期間每一位參觀者都將獲准親自製作一個包，但必須在我的監督下進行。當綠色按鈕按下，壓板在他面前推動，並以無比巨大的力量把裝飾著書籍和鮮花的廢紙，以及參觀者帶來的各種廢物壓碾、擠緊時，敏感的旁觀者就會有一種自己在這機器裡被壓碾的感覺。此刻我已坐在家裡，天快黑了，我坐在小凳子上，腦袋垂得越來越低，最後滴著口水的嘴巴觸到了膝蓋。我總是這樣坐著打瞌睡，有時我用這種索耐特[9]曲木椅的姿勢睡到午夜，當我一覺睡醒抬起頭來時，褲腿上的膝蓋部位已被我的口水弄溼了一大塊，因為我身體蜷縮著，蜷作一團，猶如冬天的貓，猶如搖椅上一根彎曲的木頭，因為我有幸孤身獨處，雖然我從來並不孤獨，我

8 編註：梵語「Karma」的音譯，意譯為「業」。

9 邁克・索耐特（Michael Thonet），家具生產工業化的先驅，他設計和生產的曲木椅聞名世界。

只是獨自一人而已，獨自生活在稠密的思想之中，因為我有點狂妄，我是無限和永恆中的狂妄分子，而無限和永恆也許就是喜歡我這樣的人。

2

三十五年來我處理廢紙，在這期間廢品收購員扔進我這地下室的珍貴書籍，其數量之多，倘若我有三座穀倉，也能裝得滿滿當當。第二次世界大戰剛結束的時候，有人給我倒下來一筐書，當我激動的心情稍稍平靜下來，拿起一本看時，只見書上蓋著普魯士王家圖書館的圖章，第二天又倒下來許多皮面精裝書，書邊和書名在空中閃著金光，我連忙奔到上面，看見那兒站著兩個年輕人，從他們口中我得知在新斯特拉謝齊的一座穀倉裡，有大批書籍藏在乾草堆中，讓人看了眼花繚亂。我通知了軍隊的圖書管理員，我和他一同到了新斯特拉謝齊，在田野裡我們找到不僅一座而是三座堆滿普魯士王家圖書館藏書的穀倉，我們又驚又喜地看了一會兒，當即商定由軍車前來運走，軍車一輛接一輛，整整花了一週時間才把這些書運到了布拉格，存放在外交部的一排側屋裡，打算等局勢穩定以後物歸原主，可是這一安全隱蔽點被人洩漏了，消息傳了出去，普魯士王家圖書館藏書被宣布為戰利品，於是大卡車又把這些燙了金邊和金字的皮面精裝書運到了火車站，裝進敞篷車，那一陣子正值天天下雨，整整一週，大雨嘩嘩地下，當最後一輛卡車拉來的最後一批書裝上車，火車起程了，駛進傾盆大雨之中，敞篷車一路滴著金水，摻和著煤煙和油墨，我站在那裡，身體靠在大理石上，被目睹的景象驚呆了，當最後一節車廂在雨中消失了時，我臉上的雨水已和淚水一起流淌，我走出車站，看見一名身穿制服的警察，於是我雙腕交叉走到他面前，真誠地央求他給我戴上手銬，戴上黎本[10]人叫做「手鐲」的手銬，把我送往警局，因為我犯了罪，犯了反人道主義的罪行。警察把我帶到了警局，在那裡他們不僅嘲笑了我，並且威脅說要把我關進牢房。幾年以後又遇到了這種情況，但我已開始習以為常，我把從各個城堡和大宅邸拉來的成套成套的藏書，漂亮的、用牛皮或山羊皮做封面的精裝書，裝上火車，裝得滿滿的，裝到三十車廂時，整輛火車便攜帶著這些書駛往瑞士、奧地利，一公斤精美的書籍售價一外匯克朗，對此沒有人表示異議，也無人為此傷心落淚，連我也不再落淚，我只是站在那裡，微笑著，望著漸漸遠去的車尾，列車把這些精美的書籍運往瑞士、奧地利，每公斤售價一外匯克朗。那時候我已在內心找到了力量，使我能目睹不幸而漠然處之，克制自己的感情，那時候我已開始懂得目睹破壞和不幸的景象有多麼美，我繼續一車廂一車廂地裝書，火車一列列開出車站，駛往西方，一公斤一外匯克朗，我呆呆地望著，望著遠去的車尾鐵鉤上掛著的紅燈，我身子靠在一根電線桿上站在那裡，跟達文西一樣，他也曾靠在一根柱子上站在那兒，呆望著法國兵怎樣把他的一尊騎士像當作練習射擊的靶子，一節一節地把馬和騎士摧毀。達文西那次也像我一樣站在那兒用心地、滿意地觀看這可怕的一幕，因為達文西當時已經認識到天道不仁慈，因而有頭腦的人也不仁慈。那時候，我得到了母

10 編註：黎本（Libeň）為捷克布拉格之一區域，赫拉巴爾曾居於此區。

親病危的消息，便急忙蹬上自行車趕回家去，由於口渴，我走下地窖，從地上捧起一罐涼爽可口的酸乳，貪婪地喝了起來，突然我看到，就在我眼睛前面，兩隻眼睛在石罐中的液體表面浮動，可是我太渴了，只顧喝著，那兩隻眼睛已出現在我的眼睛近旁，近得危險了，猶如黑夜駛出隧道的火車頭上的兩盞燈，後來那雙眼睛不見了，我的嘴裡卻含著個什麼活東西，我捉住牠的一條腿從嘴裡拽出來，原來是一隻青蛙，正扭動著身子拚命掙扎，我提著牠送到園子裡，然後返回地窖，若無其事地喝完了那罐酸乳，像達文西一樣。母親去世後，我心裡在哭泣，但沒有掉一滴眼淚。走出火葬場時，我看見煙囪裡冒出的煙在升上天空，我的母親美麗地升天了，在廢紙收購站地下室工作已有十年之久的我，走下火葬場的地下室，自我介紹說，我是一個以同樣方式處理書本的人，我在那兒等候著，焚化結束後，我看到同時焚化的有四具遺體，我母親的在第三格，我一動不動地注視著人最後留下的這點兒物質，我看到工作人員怎樣把骨頭揀出來，用一個手動研磨機磨碎，我母親也被放在研磨幾裡磨碎，然後將她最後剩下的這點兒灰放進了一只金屬罐，我只是站在那兒呆呆地看著，就跟看著裝滿精美圖書駛往瑞士和奧地利的火車漸漸遠去一樣，一外匯克朗一公斤的圖書。我默默地思索著桑德堡[11]的詩句：人最終留下的不過是夠做一匣火柴的那點兒磷，以及充其量也只夠造一枚成年人可以用來上吊的鐵釘的那點兒鐵。一個月後，我簽字領回了母親的骨灰罈，我把它送去給舅舅，當我捧著它走進舅舅的花園，來到他的信號塔時，舅舅喊叫道：啊，姊姊，你到底回來啦！我把骨灰罈交給他，他托在手裡掂了掂，一口斷定他的姊姊絕不止這點分量，因為她活著的時候體重有七十五公斤，他坐下來計算了一陣，把骨灰罈過了秤，說我母親的骨灰還應多五十克。他把骨灰罈安頓在小櫃子上，有一年夏天，舅舅挖大頭菜時忽然想起他的姊姊，也就是我的母親，最喜歡大頭菜，於是他捧來骨灰罈，用開瓶器把它撬開，撒了一些母親的骨灰在種大頭菜的泥土

11 卡爾·桑德堡（Carl Sandburg），美國詩人。

裡，後來長出的大頭菜我們吃了。那時候，當我開動機器處理那些美麗的圖書，當機器哐啷作響，最後以二十大氣壓的巨力把圖書壓碎時，我彷彿聽到了人骨被碾碎的聲音，古典名著在機器中壓碎，恰似頭骨和骨骼在研磨機中碾磨一樣，我彷彿在壓碎猶太教法典中的詞句：我們有如橄欖，唯有被粉碎時，才釋放出我們的精華。粉碎程序之後，我開始捆包，我把鐵絲穿進堆裡，用鉗子抽緊，捆成一個包，然後按動紅色按鈕，壓碎的書本還想掙脫捆綁，但鋼鐵枷鎖堅固異常，我看到一個被捆綁的巨人胸脯綳得緊緊的，再吸一口氣鎖鏈就會斷裂，但是鐵絲把那個紙塊牢牢抱住，一切在它們的懷抱裡靜了下來，恰像在骨灰罈裡一樣，我把這馴服了的包推到已打好的其他包旁邊，排列整齊，讓那些繪畫複製品全部面向著我。這一週我開始使用那上百張的林布蘭·范·賴恩的複製品，上百張這位老畫家的肖像，皺皺巴巴的蘑菇臉，一位被藝術和酗酒驅趕到了永恆之門門邊的人，他看到門的把手在轉動，一個陌生人正從外面在推開這最後一扇門。我也開始有了一張他那樣的臉，活像一塊做酥皮的生麵糰，像泥灰剝落、尿水澆透的牆面，我也開始像他那樣痴呆地傻笑著，開始從紛繁世事的另一面觀看這個世界。今天，我打的每個包都裝飾著林布蘭・范・賴恩老先生的肖像，我把廢紙鏟進機槽，放進翻開的書籍，今天我頭一次意識到，我已完全不理會是否鏟進了小老鼠，一窩窩的小老鼠，當我把尚未睜眼的初生幼鼠鏟進機槽時，母老鼠便會緊追著牠們竄進槽裡，守在牠們身邊，從而同廢紙和經典著作共了命運。沒有人會相信，在這類地下室裡老鼠的數量多麼驚人，也許有二百，也許五百，這些喜歡和睦共處的老鼠，出生時眼睛大多是半瞎的，但牠們和我有一個共同的特點，那就是也靠文字活命，尤其喜歡羊皮面的歌德和席勒的作品。因此，在我的地下室，經常是到處有一雙雙不停眨著的眼睛，到處可以聽到啃嚙書本的聲音。小老鼠空閒時像小貓一樣淘氣，牠們沿著槽邊和橫軸爬上爬下，當綠色按鈕按下，機槽的四壁把廢紙和老鼠一股腦兒擠壓碾碎，當槽裡老鼠的尖叫聲漸趨微弱時，地下室裡的其他老鼠便會驟然變得神情嚴肅，牠們用後腿站立起來豎著耳朵諦聽，想分辨那是什麼聲音，但這些老鼠都有事後立刻遺忘的特點，牠們隨即便又玩了起來，接著啃嚙圖書，越是古老的書，紙味就越香，猶如保存得很好的熟成乾酪，窖存多年的陳年老酒。我的生活已與老鼠結下不解之緣，每天傍晚我用水管澆水，把山一般高的廢紙堆上上下下澆得溼透，整個地下室活像在水池子裡浸了一下似的，這些老鼠因而每天都會渾身淋溼，但是，即便我把水柱劈頭蓋腦地往牠們身上猛澆一陣，牠們也始終顯得很愉快，甚至期待著這場淋浴，浴後便長時間地舔身子，躲在牠們廢紙堆中的小窩裡取暖。有時候，這些小老鼠使我無可奈何，我去買啤酒，一路上沉浸在自己的思緒中，站在吧檯旁也像在夢中一樣，心不在焉地解開外衣扣子摸錢付帳，卻不料一隻老鼠從我的外衣裡竄了出來，鑽到吧檯的下面，有時我的褲管裡接連跑出兩隻老鼠，嚇得女服務員瘋了一樣，紛紛爬到椅子上，手指塞在耳孔裡衝著天花板尖叫，活像一個個都精神錯亂了。我只是微笑著，冷漠地揮揮手走出了店門，腦海裡只顧思考著下一個包該是什麼樣。三十五年了，我打出了一個又一個的包，我在日曆上勾去一年又一年，一月又一月，一天又一天，直到我們一起退休，我的打包機和我一起退休。每天傍晚，我把書裝在皮包裡帶回家，我在霍日蕭維茲[12]三樓的住所裡到處都是書，堆得滿滿的，貯藏室和雜物間已容納不下，廚房裡也放滿了，櫥櫃和廁所也不例外，只剩下通往窗戶和爐臺的兩條狹窄過道，廁所裡留下的空間僅夠我坐在馬桶上，洗臉盆上面一．五米處已搭起架子和擱板，堆滿了書，直頂到天花板，五百公斤的書，我坐下或起立只要稍不注意，稍稍碰一下擱板，半噸重的書就會翻滾下來，砸在我的光屁股上。可是，這裡也再塞不進一本書了，我於是在臥室裡，在兩張拼攏的床鋪上方架了擱板，猶如搭了個天棚，上面堆滿了書，直堆到天花板，三十五年來我帶回了兩噸重的書，當我躺在床上進入夢鄉時，兩噸重的書猶如二千公斤的夢魘壓迫著我，有時當我在睡夢中翻身，或者兩腳亂踢喊出了聲時，我便不免驚恐地側身諦聽，生怕書堆坍塌下來，因為只要我的膝蓋

12 編註：霍日蕭維茲（Holešovice），位於布拉格北部的郊區，過去為一工業區。

稍稍碰一下，或者只要我痛苦地大喊一聲，頭上的一切便會雪崩似的倒塌，珍貴的書籍便會像豐饒角一樣從天上撒落下來，落在我的身上，把我像虱子似的壓扁，有時我不免想，這些書恐怕正在策畫一個暗算我的陰謀吧，因為我每天在機器裡要碾斃上百隻無辜的老鼠，我頭上的書便準備給我來一個公正的報復，罪有應得嘛。我仰面躺在書的天幕下，這些書上的文字連接起來足有幾公里長。我有點兒喝醉了，努力不去思索某些事情，極其不愉快的現實。有時，我們的守林人會浮現在我的腦際，有一次，他用一隻翻過來的衣袖在房梁下面捉到了一隻貂，他沒有一刀結束牠的性命，要那樣倒也不錯，公平合理嘛，因為牠偷吃了小雞，可是守林人卻找來一枚釘子扎進這隻貂的腦袋，然後把牠放了，讓牠哀嚎著一個勁兒地在院子裡東撲西撞，直至嚥了氣。我又想到，這事發生後過了一年，守林人的兒子修理混凝土攪拌機時，碰到一條火線，當場送了他的命，昨天我躺在這天棚下，忽然沒來由想起了那位獵人，那年我們這裡來了一隻刺蝟，小身體蜷成一個球，獵人說開槍打刺蝟划不來，於是他削尖一根木棍扎進了刺蝟的肚皮，每次他都採用這個辦法來消滅刺蝟，直到他得了肝癌臥床不起，在那些刺蝟之後輪到他了，躺了三個月，緩慢地死去，身體蜷成一個球，肚子裡長著腫瘤，心裡充滿了恐懼，直到嚥氣……每想到這些事我就心驚膽戰，我尖起耳朵諦聽，聽著頭上的書本怎樣在制定一個復仇計畫，這威脅我內心的安寧，我寧可坐在窗前的小凳子上打瞌睡，頭腦裡想像的一幕簡直把我嚇壞了，我想像倒坍的書落到床上，把我壓在下面，從頭蓋到腳，然後壓穿地板，乘電梯似的降到二樓，再降到一樓，最後墜到地下室。於是我斷定我的命運就是如此，在工作中，從天花板上落下和傾瀉到我頭上的不僅有書本，而且有酒瓶、墨水瓶、釘書機，它們像每晚在我頭上搖搖欲墜的書籍一樣，可以送了我的命，在最幸運的情況下也會把我砸成重傷。因此我住所中的達摩克利斯之劍[13]，我自己懸在廁所和臥室天花板下面的達摩克利斯之劍，

13　編註：達摩克利斯之劍（Sword of Damocles），古希臘傳說中，敘拉古僭主的朝臣達摩克利斯發現王位上方有把僅用一根馬鬃懸掛著的利劍。代表人即使擁有再多的權勢財富，也得處處提防危險。

迫使我在家也跟在上班一樣，不時拿著杯子去喝啤酒，彷彿要以此來阻擋那美麗的不幸似的。我每週會去一次舅舅家，我要在他的大園子裡找個所在，以便將來我和打包機一同退休時，把我的打包機安放在那裡。要說積攢點錢退休時買下那臺打包機，這個主意是舅舅想出來的，不是我。舅舅在鐵路上幹了四十年，管理平交道的升降桿，後來專門看守信號塔，當了四十年的信號員，他跟我一樣，四十年來除卻上班沒有任何別的事情能讓他高興，退休後，沒有信號塔他無法生活，因此他用存款從偏遠小站買了一套信號裝置，運到自己的園子裡，在那兒蓋了一間屋，安裝上那套設備，他有幾個當過火車司機的夥伴，也都退休了，他們從廢品站買了一臺小型鐵路機車，是德國奧倫斯坦—柯佩爾公司出產的，原是冶煉廠用以拉小車和平車的，他們還從廢品站買了小鐵軌和三節平車，就這麼在那古老的園子裡、在樹木叢中彎彎曲曲鋪設了鐵軌，每逢星期六和星期天，他們給這臺奧倫斯坦—柯佩爾牌的火車頭點了火，駕著它行駛，下午讓一幫孩子們乘火車玩，到了傍晚他們幾個便喝啤酒、唱歌、醉醺醺的自己坐在車上行駛，或者全體站在火車頭上，一眼看去活像一座尼羅河的河神雕像，躺臥的裸體美人四周圍著一群小雕像……有時我去看望舅舅，想找塊地方將來把我的打包機放在那兒。一次，天已經黑了，只見鐵路機車亮著燈正行駛到老蘋果樹和梨樹之間的彎道上，舅舅坐在信號塔裡扳轉道岔，他是那樣的神采飛揚，像奧倫斯坦—柯佩爾牌鐵路機車一樣開足了馬力，這裡那裡，鋁製酒壺在閃光，我在孩子們和那幾位退休工人的叫嚷聲和歡呼聲中走了過去，沒有人招呼我，也沒有人問我是否想喝一口，他們個個都全心沉醉到遊戲中去了，而他們玩的遊戲，其實只是他們終生熱愛的工作而已。我在那裡走來走去，活像額頭上帶著標記的該隱[14]，我悄悄溜出花園，過了一小時又轉回來，看看有沒有人招呼我，可是沒有。臨出門時，我再次回顧，我看見號誌燈和小屋的明亮燈光映照出退休老人和孩子們忙碌的身影，聽到火車頭鳴笛和行駛

14 該隱因妒嫉而將其弟亞伯殺了，上帝懲罰他到處流浪，並在他的額上作了標記。見《聖經：創世紀》。

在歪歪斜斜的橢圓形軌道上發出的噹啷噹啷響聲，彷彿有一把手搖琴在這兒反覆演奏著一支樂曲，一支如此動人的樂曲，讓你聽過之後一輩子再也不想聽其他曲子了。然而，在大門口，我看到我的舅舅在瞧著我，儘管離得這樣遠沒有人能瞧得見什麼，實際上我方才在樹叢中閒晃時他也一直在注意我，此刻他把扳信號燈槓桿的手舉了起來，朝我怪模怪樣地扭動手指，彷彿只是那麼把空氣扭彎似的，我也在黑暗中朝他揮揮手，恰似我們在兩輛迎面行駛的火車中彼此揮手打招呼。回到布拉格郊外時，我買了些小香腸，吃的時候我不禁嚇了一跳，因為我用不著把小香腸送到嘴邊，下巴一低，小香腸便會碰到我滾燙的雙唇，我把小香腸放到腰際，低頭一看又吃驚地發現小香腸的下端幾乎觸到了我的鞋子。我雙手拿著這根小香腸仔細看了看，又確實看到這根小香腸是正常的，這麼說，近十年來我縮矮了，縮小了。回到家裡，我把堆放在廚房通臥室門邊的書籍搬開幾百本，在門框上找到了我用墨水筆畫的標記，是我上次量身高時畫的，還註明了日期。我拿起一本書，背靠在門框上把書頂在頭上，然後回身在門框上畫了一道，一看便知從那次我量身高到現在，八年中我變矮了九公分。我舉目望望臥床上方堆著的書，斷定我的背駝了，我的背上彷彿永遠背著由大大小小書本構成的兩噸重的天穹。

3

三十五年來我處理廢紙，如果有必要重新作出抉擇的話，我仍會選擇我幹了三十五年的這一行而不願幹任何其他工作。然而，儘管如此，一年之內總有那麼三四回，一切都顛倒過來了，這間地下室突然變得惹人憎恨，主任的指責、吆喝、咒罵彷彿透過擴音器在我的耳朵和頭腦裡轟鳴，我開始感到這間地下室臭得像地獄一樣，高聳的廢紙堆快頂到院子的天棚了，潮溼、發霉的紙開始發酵，相比之下糞便的氣味算是滿香的了，最下面發展成的那片沼澤地正在腐爛，冒出的氣泡看著活像臭水溝和泥淖中從爛樹樁裡升起的鬼火。我得跑出去透口氣，離開這臺打包機，不過，我不是去呼吸新鮮空氣的，新鮮空氣已經讓我受不了，我會感到窒息，又咳又嗆，彷彿抽了一口哈瓦那雪茄。因此，當主任在那兒大叫大嚷，擰著手，氣勢洶洶地威脅我時，我便溜了出去，上別的地下室或地窖裡去泡一會。我最喜歡去的地下室是暖氣房，那兒有一些人受過高等教育，他們被工作緊緊拴在那裡，猶如家犬拴在自己的窩裡。他們撰寫當代歷史，彷彿寫一份社會學的調查報告，在這個地下室我知道了為何第四種人的數量在下降，工人們如何從底層進入了上層階級，受過高等教育的人怎樣像工人一樣在勞動。我尤其喜歡同兩位下水道工人交談，兩位曾經的科學院院士，他們在那裡幹活，同時撰寫一本有關布拉格地下縱橫交錯的下水道的著作，從這裡我才知道星期天流入波德巴巴汙水處理場的汙水跟星期一的汙水完全不一樣，每個工作日的汙水都各有特點，因此可以繪製一張汙水流量圖，根據避孕藥的流量確定布拉格哪些市區性關係多，哪些市區少一些，然而，給我留下深刻印象的莫過於一份學術報告，說明小灰鼠和褐鼠像人類一樣，也進行過一場全面戰爭，結果以小灰鼠的全面勝利而告終，但戰後小灰鼠立即分化為兩群，兩個灰鼠宗派、兩個有組織的灰鼠團體，此刻牠們正在布拉格地下所有的下水道和陰溝中進行著你死我活的戰爭，一場聲勢浩大的鼠戰，哪一方取勝，牠便有權占有下水道中流經波德巴巴的全部廢物和排泄物；我從這些受過高等教育的下水道工人口中得知，這場戰爭一結束，取勝的一方又將立刻合乎辯證法地分裂為兩個陣營，正如瓦斯、金屬以及世界上一切有生命的東西要分裂一樣，使生命透過鬥爭向前發展，然後透過尋求解決矛盾的願望而取得一分鐘又一分鐘的平衡，因此從整體上看，世界一秒鐘也不曾跛了一條腿。我於是看到了韓波[15]說得多麼正確：精神鬥爭之可怕絕不亞於任何一場戰爭，我也領悟了耶穌那句冷酷的話語是什麼意義：「我來並不是叫地上太平，乃是叫地上動刀兵。」[16]每當我去過這類地下室，看過下水道、陰溝和波德巴巴汙水處理場之後，我的心就平靜了，由於我的學識是在無意中獲得的，黑格爾的話曾使我吃驚，黑格爾教導我說：世界上唯一可怕的事情是僵化，是板結、垂死的形態，唯一可喜的是這樣一種狀況，即不僅個人而且人類社會透

15 亞杜．韓波（Arthur Rimbaud），法國象徵主義詩人。
16 編註：《馬太福音》10：34。

過鬥爭而恢復青春。走回自己的地下室時，我的眼睛像X光一樣，透過透明的人行道，我看到了下水道和陰溝裡的灰鼠總參謀部正在和自己的戰鬥部隊制訂作戰計畫，將軍們用無線對講機發布戰令，指出哪塊前線陣地需要加強火力，我朝前走著，鞋底下面灰鼠鋒利的牙齒在嘎嘎地咬，我一邊走一邊想，一個永無休止地構築著的世界令人沮喪，我涉水蹚過一條溝，抬起含淚的眼睛朝上望去，突然間，我看見了我從未看過、從未注意過的事物：在民房和公共建築的正面牆上，從下到上，直到排水管，無處不有一種投影，是黑格爾和歌德所渴望的，也就是說古希臘文化在我國的投影，做為一種典範和追求目標的優美的古希臘文化，我看到了多立克式的柱子和綴有飾帶的雨水槽、花環形的飛簷和飾有花梗和旋渦形花紋的愛奧尼亞式柱子，帶有葉形花紋的科林斯式柱子，神廟式的門廳、女像柱和觸及民房房頂的古希臘式欄杆，我現在正走在這些民房的陰影中，我還發現，即使在布拉格郊區，同樣的古希臘投影也遍地皆是，在普通民房的立面上就可以看到，大門和窗戶周圍都裝飾著男女裸體像和異域情調的花卉草木。我一邊走一邊回想受過高等教育的鍋爐工對我說的一番話，他說東歐的起點並不在波希契斯卡城門[17]外，而是在加利西亞[18]的某地，在舊奧地利皇家火車站的盡頭，在古希臘式的過梁告終的地方，古希臘精神不僅表現在布拉格普通民房的面牆上，而且灌滿了居民的頭腦，唯一的原因就在於古典主義的中學和人文主義的大學在千百萬捷克人的頭腦裡塞滿了希臘和羅馬。當兩個鼠族在首都布拉格的下水道和陰溝裡進行著像是毫無意義的戰爭時，那些被放逐的天使、受過高等教育、在一場其本人並未投身的戰爭中吃了敗仗的男人們，現在正在地下室和地窖裡工作著，並且繼續在繪製一張更為精確的世界面貌圖。我回到自己的地下室，當我看到我的那些老鼠怎樣蹦著跳著迎接我時，我想起了在升降梯下面有一塊下水道的鐵蓋。我踏著梯子下

17 編註：波希契斯卡城門（Poříčská brána），不復存在的布拉格城門之一，於一六六三年建立，一八七五年被拆除。

18 加利西亞（Galicia），舊地區名，在今波蘭東南境。歷史上長期為俄奧兩國爭奪的目標。

到井底，壯著膽子掀開鐵蓋，跪下傾聽廢水嘩嘩流動和淙淙作響的聲音，我聽見抽水馬桶的沖水聲，洗臉盆悅耳的排水聲，肥皂水從浴缸流出時那種有如微浪拍岸的聲音，但是，當我尖起耳朵仔細諦聽時，我便非常清楚地聽到了水聲之外還有老鼠交戰的尖叫聲，牙齒咬進肉裡，哀叫、歡呼、鼠體扭在一起的廝殺聲，這些聲音來自難以確定的遠方，但我知道無論在哪個郊區，我只要掀開鐵蓋或鐵欄杆，下到井底，到處到處都在進行著一場老鼠的最後戰爭，看起來像煞是最後戰爭，它將以一片歡呼告終，然而一旦找到什麼論據，一切便將從頭開始。我闔上鐵蓋回到機器旁，我又增添了知識，原來在我的腳下，在所有的下水道中都在進行著殘酷的戰爭，由此看來老鼠的天國也不仁慈，我，一個在廢品站當了三十五年打包工的人，一個和老鼠相去無幾的人，又怎能仁慈，三十五年來我始終生活在地下室，我不喜歡洗澡，儘管主任辦公室的後面便是浴室。一洗澡我馬上就會得病，講衛生對於我來說得小心謹慎，一步步來，我是光著手幹活的，晚上我才洗手，這我有經驗，倘若白天我洗了幾次手，我的手心就會裂口，不過，有時我的心裡突然對希臘的美的觀念產生了強烈的渴望，我便去洗淨一隻腳，偶爾連脖子也洗一洗，下週再洗另一隻腳和一條胳膊，大的宗教節日來臨時，我連胸膛和腿一齊洗淨，但是，遇到這種情況，我必定先服一顆抗組織胺的藥片，否則哪怕外面下著雪我也會得乾草熱，這我有經驗。現在我回到打包機旁開始幹活，處理廢紙，打包，在每個包裡我放進一本翻開的哲學經典著作，上午在布拉格街道上散步之後，我心裡多少平靜下來了，現實生活使我豁然開朗，使我知道不僅我，而且有成千個與我相仿的人在布拉格的地下，在地下室和地窖裡幹活，他們的頭腦裡流動著生機勃勃的、活躍的、孕育著生命活力的思想，於是我心裡多少平靜下來了，幹活也覺得比昨天輕鬆，我甚至只是機械式地幹著，腦海裡卻在回憶往事，逆著時間回到了早年，那時我很年輕，那時每星期六我把長褲熨得筆挺，皮鞋擦得亮亮的，連鞋底也上了油，因為人在年輕時都愛整潔，愛自己那可以修飾打扮的形象。我在熨斗裡裝滿燒紅的木炭，扇得火花迸濺，熨衣板上放著長褲，我先熨邊線，隨後拉緊褲腿把燙線熨平，我在褲子上放一塊溼布，嘴裡滿含一口水噴到布上，仔細熨燙，主要熨右褲腿，右邊總是磨損得多一些，因為玩九瓶制保齡球，我的膝蓋老是在擲球時碰到紮實的地面上，每當我小心翼翼揭去滾燙的、冒著蒸汽的墊布時，我的心情總是十分激動，不知燙線熨得正不正？只有熨得無懈可擊我才穿上它，去林中空地，每星期六都是如此，走到多爾尼飯館的原木堆前面時，我必定轉身回顧，每次都見我的母親在注視著我，看我的一身衣著是否整齊、合宜。有一次夜晚在舞會上，我等待的姑娘曼倩卡來了，她的長辮子裡編著幾根緞帶，拖在身後，飄拂著，樂隊奏著音樂，我同曼倩卡跳舞，每一場都只同她跳，我們跳舞，世界像旋轉木馬似的在我們周圍旋轉，我一邊跳一邊用眼角尋找可以帶著她飛旋的空檔，那是波卡舞。我看到曼倩卡的緞帶飛揚起來，拉成一個圓圈懸在我們四周，我隨著樂曲放慢舞步時，緞帶便緩緩落下，我們再度飛旋時，緞帶也隨即揚起，不時打在我的胳膊和我握著曼倩卡小手的指頭上，曼倩卡的手裡還攥著一塊雪白的繡花手帕，我對曼倩卡說我愛她，這是我第一次向她表白愛慕之情，她悄聲說上小學的時候她就愛上我了，於是她把身體靠過來，緊緊貼在我身上，我們一下子便前所未有地親密了，後來曼倩卡要求我跳邀請舞時作她的第一個舞伴，我高興地喊了聲：「好！」邀請舞剛剛開始，曼倩卡卻忽然變得臉色蒼白，她請求我稍稍等待，她出去一會兒，只需一小會兒，她回來時兩手冰涼，我倆繼續跳舞，我抱著她旋轉，一心想在大夥面前顯示一下我跳得多出色，我和曼倩卡多麼般配，我倆是多麼漂亮的一對。波卡舞曲的旋律開始快得令人眩暈，曼倩卡的緞帶飛揚起來，同她的金色髮辮一齊高高飄動，突然我看到跳舞的人們紛紛停了下來，臉上帶著憎惡的神情躲開去，最後除了我和曼倩卡，其他人都不跳了，他們圍成一圈，不是讚賞我們，而是因為圈子裡有什麼可怕的東西在離心力的作用下四處飛濺，對此我和曼倩卡都不曾及時察覺，直到曼倩卡的媽媽跑過來驚恐地拉起曼倩卡的手，慌慌張張把她拉出了多爾尼飯館的舞廳，以後沒有再回來，我也再沒見到曼倩卡，直到幾年以後。因為打那時候起人們便管曼倩卡叫甩大便的曼卡，原來那天曼倩卡由於要跳邀請舞，又由於我對她說了我愛她，她心裡既興奮又激動，她跑出去小便，不想飯館廁所的糞便堆得已滿到坑口，她的緞帶浸在糞便中泡溼了，她從黑暗中跑回燈光明亮的大廳，開始和我跳舞，緞帶上的糞水便飛濺開來，落在跳舞的人們身上，所有的人身上……我在打包機上操作，按下綠色按鈕，壓板推向前，按下紅色按鈕，壓板退回，我的機器在進行著這個世界的基本運動，猶如手風琴的風箱，猶如一個圓圈，無論你從哪裡出發，必定回到原地。曼倩卡失去了榮譽，只得忍受羞恥，其實這不是她的過錯，因為發生在她身上的事情很平常，極其平常，對這樣的事歌德會原諒烏爾麗克·馮·萊韋措[19]，謝林[20]無疑會原諒他的卡洛琳，唯有萊布尼茲[21]看來不會原諒他的王室情婦蘇菲·夏洛蒂，正如敏感的賀德林不會原諒貢達德夫人……五年後，我找到了曼倩卡，就為這緞帶事件，她和她的全家已遷居摩拉維亞的某地，我請求她寬恕我，因為無論什麼地方發生了什麼事情，我都有一種負罪感，無論何時我在報紙上讀到什麼事情，我都感到有罪的是我。曼倩卡寬恕了我，我邀請她與我一同去旅遊，我買彩券中了彩，得到了五千克朗的獎金，我天生不喜歡金錢，因此只想盡快把這筆錢打發掉，把它從這個世界上消滅掉，免得我要為銀行存摺操一分心。我和曼倩卡於是去了山區，住在金峰[22]那家收費昂貴的雷納飯店，因為我一心要趕快花掉這些錢，以換得一身輕鬆。在那裡，所有的男人都羨慕我，因為我有曼倩卡，每天晚上他們一個個爭先恐後想把曼倩卡從我身邊奪走，尤其是工廠主依納先生。我感到很幸福，因為我在把錢花掉，我和曼倩卡隨心所欲地揮霍，要什麼有什麼。曼倩卡每天都出去滑雪，陽光很好，那是二月下旬，她晒得黑黑的，像其他人一樣在閃光的山坡上滑雪，身上穿了一件沒有袖子、領口開得很低的短外衣，身邊總圍著一幫紳士們，我則坐在

19 烏爾麗克・馮・萊韋措（Ulrike von Levetzow），歌德老年時的情人。

20 編註：弗里德里希・謝林（Friedrich Schelling），德國哲學家，唯心主義的重要人物。

21 哥特弗利德・萊布尼茲（Gottfried Leibniz），德國自然科學家、數學家、哲學家。

22 編註：金峰（Zlaté návrší），位於捷克北部的克爾科諾謝山脈（Krkonoše）中，附近有多座滑雪場。

那兒，呷著白蘭地。臨近中午時，紳士們便一個個回到旅館前面的平臺上，坐在靠背椅或者躺椅上晒太陽，三十張小桌子附近擺著五十張躺椅和靠背椅，桌面上放著滋補強身的甜酒和開胃酒，曼倩卡滑雪總滑到午飯前一刻才回飯店來吃飯。最後，在離開的前一天，第五天，我身上只剩下五百克朗了，我和飯店的其他旅客坐在平臺上，我看見曼倩卡在滑回來，她皮膚晒得黝黑，美麗動人，正從金峰的山坡上飛下來，我和工廠主依納先生坐在一起，我們碰杯祝賀，因為五天中我花去了四千克朗，依納先生以為我也是工廠老闆，我瞧見曼倩卡閃進一叢小松樹和矮雲杉的後面，過了一會兒她出來了，以敏捷的動作徑直朝飯店滑過來，像前幾天一樣從飯店旅客的身旁滑過，那天天氣極好，陽光璀璨，平臺上所有的靠背椅和所有的躺椅全都坐滿了人，服務員不得不從飯店裡再搬出一些椅子來。我的曼倩卡像每天一樣，照例從一群坐著晒太陽的旅客身旁像接受檢閱似的滑過，是的，工廠主依納先生說得對，曼倩卡今天美得讓人直想吻她，但是，當曼倩卡剛從頭幾位崇拜太陽的人身旁經過，我便看到婦女們在扭頭瞧她，接著手掩在嘴巴上竊竊地笑，曼倩卡離我越近，我越是看到婦女們在她後面笑得透不過氣來，男人們則倒在椅背上，用報紙遮著臉，裝作昏厥了或在閉目晒太陽，曼倩卡滑到我面前，繞過了我，我這才發現原來她的一條滑雪板上，在她的鞋子後面，堆著一大團糞便，大得像一塊紙鎮，雅羅斯拉夫·夫爾克利茨基[23]曾在一首動人的詩篇中謳歌的紙鎮，我一下子就知道了，這是曼倩卡生命中的第二章，她注定要忍受恥辱，永遠與榮譽無緣。工廠主依納先生瞥了一眼曼倩卡滑雪板上的那攤東西，那是她出於需要在金峰山腳下的矮樹叢後面留下的，工廠主依納先生昏了過去，到了下午還癱軟無力，曼倩卡滿臉漲得通紅，直紅到頭髮根……天道不仁慈，因而人，一個有頭腦的人，也不可能仁慈，我一捆一捆地打著包，每個包裡放進一本翻開的書，翻在最動人的一頁，我站在打包機前操作著，心裡想著曼倩卡，那天晚上我們兩個喝

23 雅羅斯拉夫·夫爾克利茨基（Jaroslav Vrchlický），捷克詩人，八度獲得諾貝爾文學獎提名。

香檳，喝光了所有的錢，但是哪怕喝白蘭地，也無法實現我們的渴望：抹掉曼倩卡帶著糞便出現在旅客面前的形象。那晚上剩下的時間我全用來央求她就所發生的事原諒我，可是她沒有原諒，第二天清晨她傲然離開了雷納飯店，她高高地昂著頭走了，這就證實了老子的名言：知其辱，守其榮，為天下式[24]……我翻開《道德經》，找到了那一頁，像神父把祭物放在祭壇上一樣，我把翻開的書放在機槽的中心，下面墊著令人噁心的食品廠包裝紙和水泥袋。我按下綠色按鈕，壓板開始活動，我看著它們合攏，猶如人在絕望中祈禱時十指緊握在一起，我看著打包機的前板壓在《道德經》上，正是這本書喚起了我遙遠的記憶，想到了我青年時代的美人兒曼倩卡和她的生活片段。下水道和陰溝深處兩個鼠族在進行著你死我活的戰爭，從那裡傳來嘩嘩的汙水流動聲，一種深沉的隱喻。今天是美好的一天。

4

一天上午，屠宰場的工人們給我送來一卡車血淋淋的紙和被血水浸透的紙箱，一筐又一筐的爛紙讓我無法忍受，因為它們散發著一股甜膩膩的氣味，而且弄得我渾身血跡斑斑，跟肉販子的圍裙似的。做為一種對策，我在打的第一個包裡放進了一本翻開的鹿特丹人伊拉斯姆斯[25]的《愚神禮讚》，第二個包裡我虔誠地放進席勒的《唐·卡洛斯》，第三包，為了使語言也成為血淋淋的肉，我翻開了尼采的《瞧！這個人》。我幹活的時候，一大群綠蠅飛來包圍了我，這些可怕的蒼蠅是屠宰場的工人帶

---

24 老子《道德經》的原文為：「知其榮，守其辱，為天下谷」，另一句為：「知其白，守其黑，為天下式」。作者此處在文字上略有改動。

25 伊拉斯姆斯（Erasmus），荷蘭人文主義學者，北方文藝復興運動中的重要人物，生於鹿特丹。

來的，密密匝匝一大群，瘋狂地飛旋著，發出嗡嗡的聲音，下冰雹似的打在我的臉上。我喝到第四大杯啤酒時，打包機旁邊忽然出現了一位舉止文雅的年輕人，我馬上認出來了，他不是別人，是耶穌。他的身旁隨即站了一位滿臉皺紋的老人，我一眼就斷定這準是老子。他們兩個站在那裡，幾千隻綠蠅忽東忽西發了瘋似地飛旋，翅膀和身體發出頻率很高的金屬聲，牠們在地下室的空氣中繡著一幅巨大的活圖像，是由一刻不停變化著的曲線和飛濺的斑點構成的，有如波洛克[26]用滴濺顏料法繪製的巨畫。對於這兩個人的出現我並不感到驚訝，因為我的祖父輩和曾祖父輩喝多了酒也都有過幻覺，看見過童話中的人物，我的祖父在流浪途中遇見過人魚和水鬼，曾祖父確信他在利托韋爾啤酒廠的打穀場上看見過小惡魔、精靈和仙子們，至於我，由於我在無意中獲得了學識，因此當我躺在床上進入夢鄉，而頭頂上有二千公斤的書在搖搖欲墜時，我便看見擱板上出現了謝林和黑格爾，他們出生在同一年。有一回鹿特丹的伊拉斯姆斯騎著馬來到我的床前，向我打聽去海濱的路怎麼走。因此，我喜愛的兩個人今天來到我的地下室，並肩站在那兒，對此我絲毫不感到驚異，我第一次意識到知道他們的年齡對了解他們的學說何等重要。蒼蠅的飛舞和嗡嗡聲這會兒更加瘋狂了，我的工作服已被潮溼的血紙弄得溼透，我一邊交替地按著綠色和紅色按鈕，一邊看著耶穌和老子，我看見耶穌在不停地登山，而老子卻早已高高站在山頂，我看見那位年輕人神情激動，一心想改變世界，而老先生卻與世無爭地環顧四周，以返璞歸真勾勒他的永恆之道。我看見耶穌如何透過祈禱使現實出現奇蹟，而老子則循著大道摸索自然法則，以達到博學的不知。我一堆一堆地把血紙投進機器，我的臉上塗滿了血汙，我按下綠色按鈕，壓板開始推動，把令人噁心的血紙連同一幫子蒼蠅一股腦兒壓扁，這些蒼蠅怎麼也捨不得離開紙上那點殘留的肉渣渣，肉的臭味使綠蠅欣喜若狂，牠們發情、交尾，然後以十倍的瘋狂，痙攣地飛旋，密密匝匝圍在機槽的四周，形成蠢動的

26 傑克遜·波洛克（Jackson Pollock），美國抽象表現主義的主要代表，以在畫布上滴濺顏料作畫著名。

一團，猶如中子和質子在原子中旋轉。我捧著杯子喝啤酒，目光卻不曾離開那年輕的耶穌，只見他神情激憤，被一些青年男子和貌美女人簇擁著，老子則孤零零地獨自尋找合適的墓地。打包機已運轉到最後階段，混染著綠蠅的血紙被擠壓得血漿四濺，血水滴落，我看見耶穌臉上洋溢著動人的喜悅之色，老子卻神情憂鬱地倚在機槽邊上，顯得孤傲、冷漠，我看見耶穌信心十足地命令一座高山後退，那山便往後移動，老子卻用一張網覆蓋了我的地下室，是一張用難以捉摸的才智織成的網，我看見耶穌有如一個樂觀的螺旋體，老子則是個沒有缺口的圓圈，耶穌置身於充滿了衝突的戲劇性處境，老子則在安靜的沉思中思考著無法解決的道德矛盾。我按了一下紅色按鈕，血汙的壓板退回來，我再次把一堆一堆血跡斑斑的紙盒、紙箱以及被血和肉的潮氣弄溼的包裝紙投進空槽，我總算還有力氣拿起尼采的書翻到那頁寫他和理察．華格納建立星辰般友誼的段落，我像把孩子放進澡盆似的把這本書放在槽內，隨後連忙雙手驅趕那一大群藍色和綠色的蒼蠅，牠們像風暴中的柳枝一般抽打著我的臉頰。我按下了綠色按鈕，這時只見兩條裙子輕快地從地下室的樓梯上走下來，一條是綠松色的，另一條是紅色的緞面。兩個吉普賽女人，她們總是幽靈一般來到我這裡，總是突然之間，當我以為她們已經不在人世，已經在什麼地方被情人用屠刀捅死了的時候，她們卻意外地出現了，兩個收廢紙的吉普賽女人，她們把廢紙背在背上，就跟過去婦女從林中背回乾草一樣，其大無比的一包，她們背在背上在熙熙攘攘的街道上吃力地、蹣跚地走著，路上的行人不得不躲進壁龕或門洞裡給她們讓路，她們背著偌大的包走進我們院子時，門洞就給堵住了，她們進了院子，徑直來到磅秤那兒，彎下腰、轉過身，然後朝後一仰，倒在那個大包上，解開帶子，卸下這可怕的重負，把它拖上磅秤，一邊氣喘吁吁地抹著額上的汗水，一邊注視磅秤上的數字，指針照例指在三十、四十，有時甚至五十公斤上，都是從商店和批發站撿來的紙箱、紙板和人們扔掉的廢紙。每當

---

27 理察・華格納（Richard Wagner），德國作曲家、音樂戲劇家。

她們想念我，或者被這分苦活累得筋疲力竭——這些吉普賽女人身體強壯、精力充沛，她們背著大包緩緩行走時，遠遠望去就彷彿背著一節火車或一輛電車似的——也就是當她們厭倦了這活兒時，她們就跑到我這裡來，扔下那塊大得嚇人的包袱，一頭倒在乾紙堆上，裙子撩到肚臍眼，摸出香菸和火柴便仰天躺著抽菸，品嘗巧克力似的巴噠著嘴巴。我被密密匝匝的蒼蠅包圍著，只高聲向她們打了個招呼，穿綠松裙子的那個仰臥著，裙子撩到腰際，一雙光裸的大腿很漂亮，光裸的肚子也很漂亮，小腹下面露出一簇漂亮的、火焰似的毛，她一手枕在腦下，另一隻手拿著香菸使勁地猛吸，裹著她油膩膩黑頭髮的頭巾已滑到後腦勺上，她坦然自若地躺在那兒；穿著緞面紅裙的那個倒在紙堆上，活像被人扔掉的一條毛巾，她被沉重的大包壓得疲憊不堪，已動彈不得了。我用手肘朝我的皮包擺了擺，我買了一些香腸和麵包，可是喝了那麼多的啤酒之後，這些東西已吃不下了，除非帶回家去。我幹活的時候一向情緒激動，有一種覆滅的感覺，神經極度緊張，結果總是啤酒灌得太多，兩個吉普賽女人於是像兩把搖椅似的從紙堆上骨碌碌地滾下來，嘴裡叼著菸捲，兩雙手同時伸進我的皮包，她們掏出香腸，剝去包裝紙把香腸均勻地分成兩半，然後演戲似的踩滅菸蒂，用腳跟仔細地踩著，彷彿在踩扁兩條蝮蛇的腦袋，之後兩人坐下來吃香腸，吃完香腸才吃麵包，我很喜歡看她們吃麵包，她們從不咬著吃，而是用手指把麵包掰碎，神情嚴肅地捏著麵包，一小塊一小塊地往嘴裡送，一邊吃一邊點著頭，互相碰碰肩膀，有如兩匹注定將長期拴在一起駕車的馬，直拴到最後被人送進屠宰場。有時我在街上遇見她們，總見她倆肩上搭著包袱布，走進商店倉庫時互相摟著腰，一邊抽菸，一邊跳波卡舞似的走著。這些吉普賽女人日子過得一點不輕鬆，她們撿廢紙不僅賴以養活自己和孩子，還得養活她們的頭兒，一個每天下午根據她們撿得的廢紙量抽成的吉普賽男人。這是一個特殊人物，架一副金邊眼鏡，蓄著小鬍子，梳中分頭，肩上永遠掛著個照相機。他每天都給這兩個吉普賽女人拍照，善良的女人對著鏡頭擺出最動人的姿勢，吉普賽男人還煞有介事地走過去撥正她們的臉龐，然後退回來給她們攝影，可是相機裡從來沒有底片，兩個女人從未拿到過一張照片，然而她們依舊天天讓他照相，像信徒盼望天堂似的盼望著自己的照片。一天，我在霍日蕭維茲瞧見了她們，就在黎本大橋橫跨伏爾塔瓦河的地方，當時我看見斯霍萊爾飯館附近的拐角上，有個吉普賽民警在指揮交通，他戴了一副白手套，握著一根有條紋的指揮棒，只見他一個波卡舞步旋轉，轉向車輛放行的方向，動作那樣優美、高貴，我不由得停下腳步，呆呆地看著他以怎樣的驕傲在指揮交通，直到他站完這半小時的崗，突然，我的目光被綠松色和紅色的緞面所吸引，原來在欄杆的另一頭，兩個吉普賽女人也像我一樣站在那兒，眼睛牢牢地盯在十字路中心那個吉普賽男人身上，她們身旁還圍了一群吉普賽孩子和幾位上了年紀的吉普賽老人，他們一個個都滿臉驚喜地看得出神，為這個吉普賽人的成就感到驕傲。後來，換崗的時間到了，吉普賽人和一個來接班的民警換了勤，回到自己人中間，接受大家對他的祝賀和讚揚，突然，那兩個吉普賽女人跪了下來，我看見那兩條綠松色和紅色緞面的裙子垂到地面上，她們兩個用裙子擦他的值班皮靴，吉普賽人微笑著，他無法掩飾內心的喜悅，最後禁不住爽朗地笑了起來，並且鄭重其事地和所有的吉普賽男人一一親吻，兩個吉普賽女人則跪在地上用裙子給他擦皮靴。這會兒她倆已吃完麵包，把裙兜裡的屑粒也都撿起來送進嘴裡，穿綠松色裙子的那個躺到紙堆上，把裙子撩到腰際，坦然對我露出肚子，一本正經地問我：「怎麼樣，大叔？做嗎？」我伸出手讓她看看我手上的血汙，還做了個像是百葉窗被拉下的手勢，說：「不了，我膝蓋疼。」她聳聳肩膀，放下裙子，兩眼卻完全沒眨，直直地望著我，穿緞面紅裙的那個已坐在樓梯上，她也是眼睛完全沒眨地看著我。過了一會兒，她倆站起身，從疲勞中多少恢復了過來，顯得精神一些了，她們拎著包袱布的一個角兒跑上樓去，但臨離開前還把腦袋俯下來，摺疊尺似的俯到兩膝之間，用女低音喊了聲再見，跑上去了，跑進走廊，隨後我聽見她們的光腳板啪嗒啪嗒穿過了院子，那是一種無法模仿的波卡舞的步法，她們又走去收廢紙，到頭兒打發她們去的地方，那個肩上掛個照相機、蓄兩撇鬍子、梳中分頭、戴眼鏡的吉普賽男人已預先給她們拉好了生意。我繼續幹著活，用鐵鉤子鉤著。浸透了血的紙箱、紙盒、包裝紙和溼漉漉的血紙從天花板上傾瀉下來，落進機槽，通往院子的洞眼顯露出來了，此刻我能聽見所有的響聲和說話聲，彷彿是透過麥克風傳到這裡的，有幾個收廢紙的來到洞口，我從下面看他們猶如看教堂門口的雕像，我的機器，我的打包機深深地藏在院子底下，猶如國父查理四世[28]的靈柩或墓碑，突然，我的主任出現在洞口，他的聲音從上面沉重地打下來，聲音中又是充滿了仇恨和憤怒，他大喊大嚷，痛苦地擰著兩手：「漢嘉！那兩個算命的娘兒們、那兩個巫婆又到下面幹什麼來了？」我於是照例嚇得一條腿跪了下來，手扶著機槽呆呆地朝上面望著，我永遠不明白主任為什麼這樣不喜歡我，為什麼老是端出這麼一張可怕的臉來對著我，彷彿這是他長久以來特地為我準備了的，這是一張憤怒的臉，充滿了痛苦，由我造成的痛苦，這張臉每次都像現在一樣使我深信自己是一個面目可憎的人，一個不可救藥的下屬，只會給高貴的上級製造該死的麻煩……我從地板上站起來，就像墓石飛到半空，耶穌從墓中走出時，那些受驚的衛兵站了起來一樣，我站起身，拂去膝上的塵土，接著幹活，我已不像剛才那樣順手了，綠蠅卻變本加厲鬧得更凶，也許是因為我幾乎已把所有那些血淋淋的紙打成了包而氣得牠們發瘋，也許是穿堂風吹得牠們暈頭轉向了，這穿堂風是我挖了那座高得像山、尖頭頂進了院子的廢紙堆引起的，綠蠅現在包圍著我，包圍我的胳膊和槽裡的廢紙，密密匝匝，有如濃密的覆盆莓叢，有如黑莓枝子，我用雙手驅趕牠們時，有一種跟鋼絲和帶刺的東西搏鬥的感覺。我幹著活，渾身已被血汙和汗水滲透，那兩個吉普賽女人在這裡的時候，耶穌和老子始終站在打包機的槽邊，現在我又獨自在這裡從事機械的勞動，不斷被綠蠅的繩索纏繞和抽打，我看見耶穌像一個剛在溫布頓網球賽中獲勝的冠軍，老子像一個儘管家財萬貫但看上去卻一貧如洗的商人，我看到耶穌的一切暗喻和象徵都包含著流血的實質，老子則身穿布衣站在那裡指著一塊未經雕琢的粗木料，

28 編註：查理四世（Charles IV），神聖羅馬皇帝，被譽為「哲學家皇帝」。波希米亞王國（今捷克、波蘭西南部）在他的統治之下迎來最強盛的黃金時代，是該地區政治、文化史上的重要人物。

我看到耶穌是個花花公子，老子則是個腺體不全的老光棍，我看到耶穌舉起一條手臂，以唯我是從、強而有力的手勢詛咒他的敵人，老子卻逆來順受地垂下雙臂，彷彿垂著一雙折斷的翅膀，我看到耶穌是個浪漫主義者，老子則是古典主義的，耶穌有如漲潮，老子卻似退潮，耶穌像春天，老子則是寒冬，耶穌體現的精神是愛鄰居，老子則是空靈的最高境界，耶穌是「progressus ad futurum」[29]，老子則是「regressus ad originem」[30]……我交替按下綠色和紅色的按鈕，把最後一堆令人噁心的血紙扔進槽裡，這是屠宰場給我送來、堆滿我的地下室的，他們同時也領來了耶穌和老子。因而我在最後那個包裡放進了伊曼努爾·康德的《道德形上學基礎》，所有的綠蠅幾乎都瘋了，瘋到這種程度，牠們撲到血腥的殘渣上，吸著已經乾涸和正在乾涸的血，如此貪婪，竟然沒有覺察正在靠攏的壓板將把牠們壓碎，碾成薄片，擠出水珠。我用鐵絲把壓成一個立方體的紙塊捆起來，送去和其他十五個紙塊放在一起，剩餘的瘋狂的蒼蠅緊跟著我，每個包上都蓋滿了綠蠅，包裡擠出的每一滴黑紅色的水珠上，都閃著蒼蠅墨綠色或金屬似的藍光，彷彿每個包都是炎夏的中午時刻掛在農村肉鋪鐵鈎上的巨大牛腿。我抬起眼睛，只見耶穌和老子已離去，像那兩個吉普賽女人一樣，他們也踏著塗了石灰的白樓梯走了。我的啤酒已喝光，因此我磕磕絆絆爬上樓去，有一會兒我不得不一手扶著梯級往上爬，過於喧囂的孤獨使我頭暈目眩，直到進了背後的小巷我才挺直了腰，手裡緊緊地攥著空啤酒壺。空氣閃著光，我不由得瞇起眼睛，每一道陽光彷彿都飽含著鹽分，我沿著聖三一教堂的教區院牆走著，有一隊工人正在馬路上施工，在這兒我又瞧見了那兩個吉普賽女人，她們坐在一條木板上，抽著香菸，和幾個吉普賽男人在聊天。有不少吉普賽人從事道路建設工程，他們的勞動按定額付酬，因此他們幹得勁頭十足，規定的指標使他們忘記了疲勞，我一向喜歡看他們幹活，他們脫光了上身，用鐵鍬和十字鎬和堅硬的泥土和鋪路石拚搏，我喜歡看他們半個身軀藏

29 拉丁文，意為「向著未來前進」。

30 拉丁文，意為「朝著本源後退」。

在馬路下面，彷彿在給自己挖掘墳墓，我喜歡他們，因為他們總是把妻子和孩子帶在工地附近，他們會突然間想念孩子，因此我常看到吉普賽女人撩起裙子掄著閃亮的十字鎬在挖溝，而年輕的吉普賽男人卻把孩子抱在膝上一同玩耍，因此他們表現的愛有點奇特，和孩子玩使他們煥發活力，不是筋骨上的活力，是心靈中的，這些吉普賽人非常敏感，讓人聯想到聖母抱著小耶穌的那張美麗的南波希米亞聖母像，有時他們看著你，看得你手腳發冷，他們那雙眼睛，那樣大的眼睛，蘊涵著智慧，反映出久已被人遺忘了的某種文化。據說，在我們還拿著小斧頭東奔西走，身上裹著獸皮的時候，吉普賽人便已建立了國家和社會制度，經歷了第二次衰退，我一邊想，一邊瞧著胡森斯基酒店的女服務員給我在啤酒壺裡斟兩公升的啤酒，泡沫溢出啤酒壺了，女服務員把剩餘的啤酒倒在一只玻璃杯裡朝我一推，讓我喝，杯子在吧檯上滑到我的手中。女服務員於是馬上轉過身去背對著我，因為昨天我付帳時一隻老鼠從我的衣袖裡竄了出來。我喝完了啤酒，也許她背過身去是因為我手上的血汙，雙手滿是乾了的血，我伸手摸摸臉，我總喜歡這樣用手掌在整個臉龐上抹一下，發現額上全是乾癟的綠蠅，因為驅趕那些瘋狂的蒼蠅時，我常常使勁拍打額頭。我沉思著走回去，經過那條施工的小巷子時，看見那兩個穿綠松裙子和緞面紅裙的吉普賽女人正站在聖三一教堂牆邊的陽光中，吉普賽男人手裡端著照相機在幫她們擺正姿勢，撥撥她倆的下巴，然後退後幾步，對著觀景窗看了一會兒，再走去擺正她倆的姿勢，要這兩張臉龐在彩色照片上笑得甜甜的，之後他把相機舉到眼睛上，打了個手勢，咔嚓按了一下，過了過並不存在的片，兩個吉普賽女人拍著手掌，高興得孩子似的，只擔心照出來的模樣不知怎麼樣。我把帽子拉到眼睛上，穿過馬路，正碰上了美學教授，他不知所措地站在我面前。一對度數很深、厚得像菸灰缸的鏡片衝著我，活像瞄準我的獵槍槍口，他伸手在兜裡摸了一陣，像每次一樣抽出一張十克朗的鈔票，遞到我手上，問道：「那年輕人在？」我回答說在。於是他像平時一樣湊到我耳邊輕聲說：「好好對待他，行嗎？」我說我會的。我看著這位編輯穿過一個院子拐進斯巴萊納大街，於是我急步跑出巷子，從後面回到地下室，我摘下帽子，光著頭諦聽著教授怎樣膽怯地從院子裡走過，然後悄沒聲息地走下來，當我們四目相遇時，他鬆了口氣，說：「那老頭兒呢？」我說還不是又去買啤酒了。教授接著問道：「他總那樣像惡狗似的對待你？」我說：「向來都這樣，他嫉妒我，因為我比他年紀輕。」美學教授把一張揉皺的十克朗遞到我手上，貼在我的手心裡，按了一下，顫聲對我耳語：「這是給您的，辛苦了，找到什麼沒有？」我走去從一只小箱子裡取出幾本舊的《民族政策報》和《民族報》，這些報紙中照例都有米洛斯拉夫．魯特和卡萊爾．恩格姆勒寫的戲劇評論，我把這些報紙拿給教授，他原先在《戲劇報》工作，儘管五年前已被趕出編輯部，但他對三〇年代的戲劇評論仍有濃厚興趣。他接過報紙匆匆翻了翻，放進皮包，像平時一樣又給了我十克朗，告辭走了。在樓梯上還轉身對我說：「再麻煩您多找找，現在重要的是可別讓那老頭給撞見。」他上去了，進了院子，我則像平時一樣戴上帽子從後門跑進小巷，穿過神父宅邸的院子站在聖達陡塑像旁邊，帽子拉到眉毛上，做出不悅和驚訝的神色，我看著教授緊挨著牆邊走過來，他看見我時照例吃了一驚，他定了定神，走到我面前，照例給了我十克朗，痛苦地說：「您別對那個年輕人這麼嚴厲，您為什麼不喜歡他？好好對待他，好嗎？」我照例點點頭，《戲劇報》的評論家走了，我知道他應該徑直朝查理廣場走去，但他像通常一樣寧可在街角就拐了彎，鑽進一個院子，手裡的皮包也飛快隱沒了，他急於躲開我這個古怪的老打包工，像惡狗一樣對待年輕人的老打包工。這時，我見一輛卡車正倒退著開進我們的院子，我從後門回到了地下室，我拉著手推車站在電梯旁邊，今天打出的十五個包，每包的四面我都用泡過水的高更繪畫複製品《你好，高更先生》裝飾起來，現在一眼望去，它們光彩奪目，變得很漂亮，馬上就要運走使我感到惋惜，我真想有多一點的時間欣賞這些畫面，它們像布景片似的排列在那裡，構成一幅美景，令人眼花繚亂，一群已經疲憊的綠蠅嗡嗡著

31 編註：米洛斯拉夫・魯特（Miroslav Rutte）和卡萊爾・恩格姆勒（Karel Engelmüller），兩人皆為活躍於一九二〇至二戰前的捷克作家、劇作家、文學和戲劇評論家。

……升降梯裡司機的腦袋探了出來，於是我把包一個個裝上手推車，兩眼仍在《你好，高更先生》上流連，真遺憾它們必須從我的地下室裡運走，不過，沒關係，我心裡說，等我退休了，我買下這臺打包機，那時候我打的每個包我都將留下來，我不辦展覽會，也許有人要買一個我簽了名的包，也許一個外國人，在我不走運的時候，為了不讓任何人買走我的包，我將把價格定為一千德國馬克，我若不走運，那個外國人可能會付我一千馬克，把我的包運走，不知運往哪裡，我就不知道上哪兒再去看它一眼了……十五個包一一被升降機送到了上面，我聽見搬運工在咒罵那些包上和包四周的綠蠅，最後一個包送走以後，所有的綠蠅也跟著被送走了，地下室裡因沒有了這些瘋狂的蒼蠅而突然顯得淒涼和冷清，正如我自己，一向都是悲哀和孤獨的。我兩腳兩手爬著樓梯上去，身體搖搖晃晃，但凡我喝了五杯啤酒之後，我爬樓梯就不得不像爬梯子一樣手腳並用了，我站在那兒瞧著搬運工把最後一個包遞給司機，戴著手套的司機接過來，用膝蓋把它和別的包堆在一起，搬運工的後背，工作服上印滿了已乾涸的血跡，成了一塊血印的花布，我看見司機厭惡地把那雙血跡斑斑的手套脫下來扔掉了，搬運工爬上車，坐在司機旁邊，一卡車的包就從院子裡運出去了，我很高興，因為滿車都是《你好，高更先生》在放射光彩，但願卡車駛過時，這些畫會使路上的行人高興，但願看到這樣一輛車在身邊駛過的人會感到高興。同這些包一起離開了院子的，是那些瘋了般的綠蠅，我看見牠們在斯巴萊納街的陽光中又活躍了起來，圍繞著整個卡車瘋了般地飛著，一大群藍色、綠色和金色的發了瘋的蒼蠅，牠們無疑會和高更的《你好，高更先生》一起裝進箱子，最後在造紙廠被倒進強酸和強鹼的溶液中，因為發了瘋的綠蠅不可能放棄牠們的觀念：哪兒的生活能比在這賞心悅目的臭烘烘的腐敗血漿裡更美好？我正想回到地下室去，卻不料我的主任臉上帶著一副殉道者的神情突然在我面前跪下了，他雙手合十懇求說：「漢嘉，看在上帝的分上行行好，我向你發誓，我跪在地下求你了，醒醒吧，趁現在還來得及，別再灌酒了，幹活吧，別再折磨我了，你這樣下去會把我折磨死的！」我嚇壞了，連忙俯身輕輕抱住他的手肘央求他：「您別這樣，先生！我說，您這樣跪著有失尊嚴！」我把他扶起來，我感覺得出他渾身在顫抖，因而我再三請求他寬恕我，雖然我並不知道要他寬恕我什麼。這就是我的命運：永遠請求寬恕，甚至自己請求自己寬恕，寬恕自己是這麼個人，生來如此……我沮喪地回到地下室，一種負罪感使我心情特別沉重，我仰天躺在方才穿綠松色裙子的吉普賽女人躺過、現在還有些溫暖的窩裡，我躺在那兒，諦聽著街上的聲音，一種美妙的、實際的聲音，我諦聽這座五層樓房──我們廢紙收購站就在這座樓房裡──有住戶的汙水怎樣不停地在流淌，嘩嘩地響著，我聽見抽水馬桶的沖水聲，當我側耳細聽地層深處的聲音時，我十分清晰地聽到汙水和下水道的汙物怎樣在輕輕流動，在綠蠅的大軍撤退了之後，我聽見水泥地下面老鼠的叫喊和哀嚎，在首都布拉格所有的下水道裡兩個鼠族在進行著瘋狂的戰鬥，爭奪城市裡所有下水道和陰溝的統治權。天道不仁慈，在我的上面和我的下面，生活也不仁慈，我心裡也不。你好，高更先生。

5

因此，依我看這世界上的一切事物，都是在向前邁進之後又都向後回歸，恰似鐵匠的風箱，也猶如我這臺打包機，機槽裡的一切在綠色和紅色按鈕的作用下一會兒跳向前，一會兒又跳回來，唯有這樣世界才沒有瘸了一條腿。我當打包工三十五年，幹我這一行不僅要有大學或舊式高中的學歷，而且還應受過神學院的教育。在我這一行，螺旋體和圓圈相重合，「progressus ad futurum」同「regressus ad orignem」相連結。對此我有切身的體會，我不幸地有幸在無意中獲得了學識，現在我開始夢想讓「progressus ad originem」[32]和「regressus ad futurum」[33]相重合。這是我的一種消遣，

32 拉丁文，意為「向著本源前進」。

33 拉丁文，意為「朝著未來後退」。

正如有些公民在吃晚飯時候看《布拉格晚報》一樣。昨天，我們埋葬了我的舅舅，他是給我指點迷津的吟遊詩人，他在哈勃雷區的園子裡蓋了一座小信號塔，在樹叢中架起了小鐵軌，和朋友們一塊修好了一臺奧倫斯坦—柯佩爾牌的火車頭，每星期六和星期天的下午，點火讓孩子們坐在三節平車上在花園裡兜風，晚上則自己坐在上面兜風，舉著大杯喝啤酒。昨天我們埋葬了我的舅舅，他在信號塔裡突然腦中風，那些天正是休假時期，他的夥伴們都去了樹林或河邊度假，炎熱的七月天沒有人來看望他，舅舅就這麼去世了，躺在信號塔的地板上過了半個月，等到有個司機發現他時，他周遭已爬滿了蒼蠅和蛆蟲，屍體像融化了的卡門貝爾乾酪似的在油氈地板上淌水。火葬場的工人們到來後，只取出他衣服裡還裹著的那點兒遺骸，後來他們跑來找我，我幹地下室的活，什麼都習慣了，我用一把鐵鏟，後來用砌牆的小鏟一點一點地把他剩餘的軀體從油氈上刮下來，他們給了我一瓶蘭姆酒，我默默地、仔細地刮下舅舅遺體的殘留部分；最困難的是刮下他的紅頭髮，它們已經黏在油氈上，活像公路上被卡車輾斃的刺蝟，我只得拿一把石匠的鑿子把頭髮剔下來，收拾完畢之後，我把這些碎渣塞在棺材裡我舅舅的衣服下面，給他在腦袋上扣了一頂鐵路員工的帽子，那是他掛在信號塔裡的，我找來兩本康德的著作，翻到那永遠使我感動不已的段落：「有兩樣東西總使我的心裡充滿了新的、有增無減的驚嘆——頭上的星空和我內心的道德法則。」不過，我想了一想之後翻到了更為動人的一段……是康德年輕時寫下的：「夏天的晚上，當滿天繁星在抖動的光亮中閃爍，一輪明月高懸時，我便漸漸陷入一種對友情倍加敏感，對世界和永恆不屑一顧的心態之中。」我把書翻到這一頁放在舅舅的手裡。我打開舅舅的小櫥櫃，不錯，這兒放著他的那些個收藏物，他曾經常常拿出來讓我觀賞，但當時我並不理解，那是一堆五顏六色的鋁片，一只只小盒子裝得滿滿的，舅舅值班時還喜歡把一些銅片、錫片、鐵片和其他彩色的金屬片放在鐵軌上，火車駛過之後，他揀起這些軋成奇形怪狀的小碎片，每天晚上把它們分門別類地存放，每片都根據它喚起的聯想給它起了名，這些盒子很像裝著亞洲蝴蝶的標本盒，也像裝滿果仁巧克力彩色錫紙的空糖果盒。我一盒盒拿來撒在舅舅的棺材裡，把他視為珍寶的小金屬片撒在他的身上，一盒一盒倒空之後才讓殯儀館的工作人員蓋上棺材。舅舅躺在棺材裡，身上堆滿了獎章、紀念章、勛章，像一位赫赫顯要，我的舅舅在棺材裡那樣神氣，彷彿是我製作的一個非常漂亮的包。之後，我回到地下室，下樓梯時我不得不手扶著階梯倒退著下，就跟順著梯子爬下閣樓似的，我默默喝光那瓶蘭姆酒，是用啤酒送下肚的。我拿起鎬子，耙著那堆黏糊糊、溼淋淋、腐爛了的廢紙，裡面滿是窟隆，猶如埃曼塔乾酪，老鼠在洞裡做了窩，我喝了一口啤酒，叉起這黏成一團的石棉般的爛紙，把這令人噁心的東西裝進機槽，我捅開了老鼠的通道，毀了牠們的城市，把牠們一窩窩送進了機槽，因為我們收購站這兩天停業，好讓我有時間在清點盤貨之前把地下室徹底打掃乾淨。每天傍晚我給山一般高的廢紙堆淋水時，從沒想到在最下面，花朵和書本已結成一塊餅，被山一樣高的廢紙堆壓成一個整體，幾乎比打包機壓成的包還要嚴實。的確，幹這樣的活我應該是一位神學家，從上次盤貨之後，六個月來我從沒碰過這小山的底部，這裡廢紙已腐爛，猶如沼澤地的植物老根，散發著一股甜味，好似放在罐裡被人遺忘了半年之久的一塊自製乾酪，這溼透了的、壓成一個整體的廢紙也失去了它們原來的顏色，變成灰白色和淺米色，硬得像塊陳年麵包。我工作到深夜，只偶爾休息片刻，那是去到通風井，從五層樓高的煙囪底下仰望一小片星空，像年輕的康德那樣，然後拿著空啤酒壺爬上樓梯，踉踉蹌蹌走出後門去喝啤酒，之後又一手舉著啤酒壺，另一隻手扶著階梯下梯子似的倒退著下來，回到地下室，在這裡，燈光下面的小桌上放著一本翻開的康德的《天體論》，一個個打成的包排列在升降梯旁邊，今天我開始用上百張浸透了水的梵谷的大幅複製品《向日葵》裹包，因此每個包的四面都閃著金黃和橘紅的光彩，襯著天藍色的背景，這就稍稍緩解了打包機裡死老鼠、老鼠窩和腐爛紙團泛出的那股臭氣，壓板隨著我按下的紅色或綠色按鈕或前或後地運動，在此間隙我喝著啤酒，讀康德的《天體論》，讀到怎樣在寂靜中，在萬籟無聲的深夜，當意識悄然入睡時，不朽的神靈便用無名的語言談論那些只可意會、難以言傳的事物……這段文字使我如此震動，我跑出地下室，跑到通風井那兒仰望上面的一小片星空，後來我回到機器旁，繼續用叉子把臭烘烘的爛紙連同一窩窩裏在棉花似的軟絮裡的老鼠叉進槽裡，誰幹我這一行，他就不仁慈，正如天道不仁慈一樣，但這分活總得有人來幹，這是屠殺嬰兒的行檔，就像布勒哲爾[34]畫的那樣，那幅名畫的複製品上個星期我用來裹了打成的每一個包，可是在今天，梵谷的《向日葵》儘管金煌煌的圓盤和盤心光彩奪目，卻只是增添我內心的悲劇感。我幹著活兒，妝點老鼠墓，不時跑出去，讀著《天體論》，每次只讀一句，含咳嗽糖似的含在嘴裡，這樣我工作的時候心裡就注滿了一種遼闊感，無邊無涯，極為豐富，無盡的美從四面八方向我噴濺，上面有通風井口的一小方星空，腳下兩個鼠族在首都布拉格的所有下水道和陰溝裡激戰，二十個包排列得整整齊齊，猶如一輛有二十節車廂的列車，正朝著升降梯駛去，每個包朝著我的那面都點燃著一盞向日葵的明燈，打包機的槽裡裝得滿滿的，一窩窩老鼠安靜地被碾斃，恰像被凶殘的公貓捉在爪中玩弄的老鼠，叫都沒有叫一聲，仁慈的大自然創造了一種恐怖，在這種恐怖中一切安全感都已毀滅，它比痛苦更為強烈，在真理出現的時刻籠罩著你。對此我曾感到大惑不解，直到有一天我忽然心頭一亮，覺得自己在變得美好起來，因為在經歷了所有這一切——在過於喧囂的孤獨中看到的一切，身體和靈魂所感受的一切——之後，我還有足夠的勇氣使自己沒有瘋狂，我逐漸驚異地意識到我的工作把我拋進了一個廣大無垠、法力無邊的領域。我的頭上亮著一盞燈，紅、綠按鈕驅動著壓板忽前忽後地來回運動，最後，我終於鏟到貼地的最下層了，我像掘土工似的不得不借助於膝蓋的力量，最下面的那攤爛紙已成了泥灰岩，成了基岩。我把最後一鍬又溼又黏糊的東西拋進機槽，活像一個掏陰溝的工人在打掃布拉格一處廢棄不用的地下水溝。在最後那個包裡，我放進了一本翻開的《天體論》，我用鐵絲把包捆緊，按下紅色按鈕減壓後，我用小車把包推去和其他

34 老彼得．布勒哲爾（Pieter Bruegel de Oude），十六世紀荷蘭畫家，《無辜者的屠殺》（*De kindermoord te Bethlehem*）為其名畫，作於一五六六年。

的包堆放在一起，我在樓梯上坐下來，耷拉在兩膝間的雙手觸到了冰冷的水泥地面。二十一朵《向日葵》在昏暗的地下室裡放射光芒，幾隻小老鼠凍得發抖，因為這裡空蕩蕩的再也找不到廢紙堆，有一隻老鼠徑直跑到我面前，用後腿竄跳起來朝我進攻，撲到我身上想咬我一口，也許想把我打翻在地，也可能只是想讓我受點傷而已，牠使盡全身力氣撲過來，咬我的溼腳跟，每次我都輕輕把牠拂開，可是小老鼠一次又一次衝向我的腳跟，最後牠累得筋疲力竭了，喘息著坐在一個角落裡瞪著我，瞪著我的眼睛，瞪得我不禁戰慄起來，因為在這隻老鼠的目光裡，此刻我看到了比我頭上的星空或我內心的道德法則更多的東西。叔本華[35]像一道閃電出現在我的面前說最高法則是愛，這愛便是同情，我明白了叔本華何以那樣憎恨巨人黑格爾，令我高興的是，無論黑格爾還是叔本華都不是兩軍對壘的統帥，否則他們會像布拉格所有下水道中的兩個鼠族那樣交戰。今晚我感到疲憊之至，便和衣躺在床上，頭頂的層層木板托著兩噸重的書，我藉著路燈映進來的昏暗亮光，透過木架的縫隙仰望書脊，當四境都已寂靜時，我突然聽到了老鼠啃嚙的聲音，我聽見牠們怎樣在我臥床上面的天庭裡忙碌著，好幾處書本上傳來的這個聲音不禁使我毛骨悚然，彷彿那兒有個秒針在滴答地走著，哪裡有老鼠，哪裡就有老鼠窩，哪裡有老鼠窩，幾個月後哪裡便會出現一個老鼠聚落，不出半年就成了一個老鼠村，然後按照幾何進程，一年以後發展為一座小城市，這些老鼠有足夠的能量啃穿木架和擱板，於是有朝一日——那一天不會太遠——我只要嗓門大了點，或者一隻手不經心地一動，這兩噸重的書便會倒下來，壓在我的身上，老鼠用這個辦法來對我進行報復，因為我把牠們送進打包機，打進了包裡。我半睡半醒地躺在床上，被頭上的啃嚙聲弄得不知如何是好，漸漸地，像平時一樣，朦朧中一個吉普賽小姑娘銀河般地走來了，她是我青年時代的情人，一個文靜、純樸的吉普賽小姑娘，她總在小飯館門前等候我，站在那兒一條腿微微伸在前面，向外撇著，猶如芭蕾舞女伶亮出的一個基本動作，她是我年輕時的一個美麗小姑娘，我久已忘記

35 編註：阿圖爾．叔本華（Arthur Schopenhauer），德國哲學家，唯意志論的開創者。

的小姑娘。她渾身汗溼，泛著一股油膩的麝香和潤髮油的氣味，每次我撫摩她以後，我的手指上便有新鮮油脂的氣味，鹿油的味道，她老是穿著同一件衣服，沾滿了肉汁和湯水的汙漬，背上有白灰和爛木頭留下的痕跡，因為她到拆毀房屋的瓦礫堆上去撿木料，背來給我，我回想起第一次遇見這個小姑娘的情景，那是戰爭快要結束的時候，我從小飯館裡出來，走回家去，她跟上了我，始終走在我的後面，我得扭著脖子和她說話，她一路上牢牢地跟著我，既不落後，也從不超到我的前面去，一味邁著小快步悄無聲息地跟著，是的，那天我是從霍爾基飯館出來，到了十字路口，我說：「好吧，再見啦，我得走了。」可是她說，她也去我踏上的那個方向，我走完盧德米拉街，到了路口我說：「那就再見啦，我得回家了。」可是她說她也去那個同一方向，於是我故意繞彎子，一直走到謝爾特伐路，我伸出手對她說：「我得朝下面走了。」可是她說她像我一樣也去那個方向，我們又一起走到了下面的永恆堤壩，我說：「我到家啦，咱們再見了。」可她說她像我一樣也去那個方向，我到了家門附近的煤氣燈下，我說：「好吧，再見啦，我到家了。」可她說，她也住在這裡，於是我開了大門，讓她先進去，她卻不肯，要我先走進那黑魆魆的過道，因而我走了進去。這裡還有另外三家住戶，我順著臺階走到院子裡，來到自己的門前，我開了門，轉身說：「那麼再見吧，我已經到家了。」可是她對我說，她也到家了，她進了我的屋，和我睡在一張床上，等我一覺醒來，她已不見了，床上她躺的地方還是溫熱的。其後，我故意遲到深夜才回家，然而一踩上臺階，我便看見她了，坐在門前的階梯上，窗戶下面堆著一些白木板和瓦礫場上撿來的鋸斷的梁木，我打開門，她像隻小貓似的跳起身鑽進了屋裡，我們兩個誰也不說一句話，我拿著一只大罐子去喝啤酒，裝了五公升的啤酒拿回來，這時吉普賽小姑娘已在那隻鑄鐵爐子裡升了火，雖然爐門是敞開的，火苗卻還是呼呼地響著，因為這間屋子一度曾是帶店面的鐵匠作坊，有個很大的煙道。吉普賽小姑娘做的晚飯永遠是馬鈴薯燉馬肉香腸，然後她坐在敞開的爐門旁，添木柴，爐火燒得很旺，很熱，金色的火光映在她的懷裡，投在她冒汗的胳膊、頸脖和不斷變換的側影上，我和衣躺著，不時起身喝幾口啤酒解渴，然後把酒罐遞給她。她雙手捧著那個巨大的罐子，喝的時候，我聽見她喉嚨活動的聲音，聽見她輕輕地呻吟，猶如運轉的一個水泵，起初，我見她添木柴，老讓爐火燃燒著，我心裡想，這只是為了討我喜歡罷了，但是後來我明白了，這是她的天性，火是她的天性，沒有火她八成活不了。就這樣，我和這個吉普賽小姑娘生活在一起，實際上我都不知道她的名字叫什麼，她也不知道我的，不想也不需要知道我的名字叫什麼，我們兩個就這麼靜靜地、不言不語地每天晚上相會，我從不曾把鑰匙給她，她總是等著我，有時我故意晚歸，直到過了午夜才回來，想以此考驗她，但是我剛開了門，身旁便有一個黑影一閃，我知道這是吉普賽小姑娘進了我的屋子，過了一會兒她擦亮火柴，點著了引火紙，爐子裡便開始竄出火苗，呼呼作響，不停地呑食著木柴，這些木柴都是她弄來的，堆在窗戶下面，足夠燒個把月。當我們在燈光下吃晚飯時，我看見她把麵包掰碎，吃聖餐似的把麵包掰成小塊，末了把衣襟裡的麵包渣也虔誠地抖落在爐火中。之後我們仰天躺在床上，呆望著天花板，電燈已經被我們熄滅，天花板上的陰影和幽暗的亮光波紋似的在閃動，當我起身去取桌上的酒罐時，我彷彿走在滿是海藻和其他水生植物的魚缸裡，又彷彿月夜行走在暗影搖曳的密林中，我舉杯喝啤酒時，總要轉身瞧一下光裸著身體的吉普賽小姑娘，她躺在那裡望著我，一雙眼睛的眼白在閃著光亮，黑暗中我們彼此看到的對方遠比日光下更為清楚，我最愛蒼茫的黃昏，唯有在這種時刻我才會感到有什麼偉大的事情可能要發生；當天色漸暗，黃昏來臨時，萬物就變得美麗起來，所有的街道，所有的廣場，所有在暮色中行走的人，都像三色堇一般美麗，我甚至覺得自己也是一個英俊的小伙子了，我喜歡黃昏時候照鏡子，走在街上看櫥窗玻璃中映出來的自己的身影，我甚至抬手摸摸自己的臉，我看到臉上一條皺紋也沒有，嘴角和額頭上也都沒有皺紋，隨著黃昏的到來，我們的日常生活中出現了人們稱之為美的階段。爐門敞開著，通紅的炭火在燃燒，光身子的吉普賽小姑娘站起身來，她走動時，金黃色的火光勾出了她身體的輪廓，形成一圈光環，恰似查理廣場那座教堂面牆上的依納爵．羅耀拉像。她在爐中加了幾根木柴，走回來，躺在我的身上，腦袋歪到一旁看我的側影，用一根手指在我的鼻子和嘴巴四周畫著，她幾乎從不吻我，我也不吻她，我們用雙手說明一切，然後就只是那麼躺著，呆望著破爐子裡迸出的火星、搖曳的火光，以及爐膛裡木柴燒盡時閃現的捲曲光亮。我們一無所求，只希望永遠永遠這樣生活下去，彷彿要說的一切彼此早就說過了，彷彿我們倆一起出生來到人間，從沒有分開過。第二次世界大戰結束前的那個秋天，我買了一些藍色包裝紙，一軸線，一團細麻繩和一些漿糊，星期天我花了整整一天時間坐在地上糊風箏，吉普賽小姑娘為我跑去打來啤酒，我用細線把風箏的骨架綁得很勻稱，好讓它穩穩地飛上藍天，接著我們倆一起動手做了一條長長的風箏尾巴，吉普賽小姑娘在我的指導下把一隻隻紙鴿繫在繩上，然後我們一同到奧克羅烏赫利克公園去放風箏。我把風箏拋向天空，鬆開風箏繩，隨後拉緊，抽了幾下，風箏挺立起來，一動不動地在天空穩住了，唯有那條長尾巴隨風飄拂，扭成一個S形，吉普賽小姑娘兩手緊摀著臉頰，手指上方露出一雙睜得大大的驚喜的眼睛……後來我們坐下來，我把風箏繩遞給她，讓她拽著天空的風箏，不料她大聲叫喊起來，說風箏要把她拉上天去了，說她覺著自己像聖母馬利亞一樣在升天，我雙手按住她的肩上，說要那樣咱倆就一塊飛上天去，可是她把風箏繩還給了我，我們倆坐在那兒，她的頭靠在我肩上，後來，我忽然轉念想送一封信給風箏，便把繩子交到她手裡，讓她拉著，可是她又一次驚慌起來，說風箏將把她拉上天去，她就永遠見不著我了，我無奈只得把繞麻繩的小木棍插進地裡，我從筆記本中撕下一張紙，扯開一個口子套在麻繩上，當我再次拿起那團麻繩時，吉普賽小姑娘卻高舉雙臂叫嚷著去捉那張順著繩子痙攣地一抽一抽升高的紙片，天空每颳過一陣風，我的手上便有風箏拽緊的感覺，這種感覺從手指傳遍我的全身上下，當那紙條升到高處碰著了風箏時，我感覺到了它們的接觸，我不禁渾身一陣哆嗦，突然間我覺得那風箏就是上帝，我是聖子，那繩子是使人得以和上帝溝通、得以和上帝對話的聖靈。後來，我們在一起又放了幾次風箏，吉普賽小姑娘膽壯了一些，她握住風箏繩，像我一樣渾身顫抖，因為在一陣陣風的襲擊下風箏在顫抖，她把繩子繞在手指上，興高采烈地叫嚷……有一天晚上我回家，卻不見吉普賽小姑娘在門口等我，我開了燈，通宵達旦在門外徘徊，可是吉普賽小姑娘沒有來，第二、第三天也沒有來，從此沒有再來。我尋找她，但是永遠見不到她了，一個孩子般的吉普賽小姑娘，純樸得猶如一塊未經雕琢的木料，猶如聖靈的氣息，一個吉普賽小姑娘，除卻點爐子生火之外一無所求，那些木柴是她背來的，從瓦礫堆上撿來的沉重梁木和板材，大得像十字架一樣，她背在背上運來，她除了做一鍋馬鈴薯燉馬肉香腸，除了給爐火添木柴，秋天放放風箏之外確實別無他求。直到後來，我才知道她被蓋世太保帶走了，和另外一些吉普賽人一起被關進了集中營，從此沒有回來，她在馬伊達內克或者在奧斯維辛的焚屍爐中被燒死了[36]。天道不仁慈，但我那時候還很仁慈。戰爭結束後她沒有回來，我在院子裡把風箏、風箏繩，以及吉普賽小姑娘用紙鴿做成的那條長尾巴一塊兒燒掉了，這個小姑娘的名字我已經忘記。戰爭結束後，在五〇年代，我的地下室裡還堆滿了納粹的出版物，在我那吉普賽小姑娘優美奏鳴曲的光輝下，我狠狠地把成噸成噸的納粹小冊子和宣傳品扔進打包機，這些東西全是同一個主題，幾十萬頁的圖片，歡呼著的男男女女和兒童，歡呼著的老人，歡呼著的工人，歡呼著的農民，歡呼著的黨衛隊隊員，歡呼著的士兵，我狠狠地把開進被解放的但澤市的希特勒和他的衛隊們，把開進被解放的華沙的希特勒，把開進被解放的布拉格的希特勒，把開進被解放的維也納的希特勒，把開進被解放的巴黎的希特勒，把在他私人宅邸的希特勒，把慶祝豐收的希特勒，把希特勒及其忠實的牧羊犬，把希特勒及前線士兵，把視察大西洋壁壘的希特勒，把去往他征服了的東方和西方城市途中的希特勒，俯身看軍事地圖的希特勒，把所有這一切統統扔進我的打包機，我越是把希特勒和歡呼著的男男女女和兒童們扔進機槽，我就越是想念我的吉普賽小姑娘，她從來沒有歡呼過。除卻給爐火添木

36 馬伊達內克（Majdanek）和奧斯維辛（Auschwitz），第二次世界大戰期間納粹德國屠殺無辜平民和戰俘的兩個著名集中營，均在波蘭境內。

柴，燉一鍋馬鈴薯馬肉香腸，抱著巨大的酒罐子去喝啤酒；除卻把麵包掰成聖餐似的小塊，然後透過敞開的爐門凝望爐中的火苗和火光，她一無所求。他總是凝望音調悅耳、呼呼作響的爐火，歌唱著的爐火，這歌聲是她自幼熟悉的，和她的民族有著神聖的聯繫，火，它的光把一切痛苦深埋在下面，臉上卻擠出一個悲哀的微笑，反映了吉普賽人的幸福觀……現在我仰天橫躺在床上，一隻小老鼠從上面跌下來，跌在我的胸脯上，一骨碌滾到地上，鑽進床底下去了，也許我在皮包裡或外衣口袋裡帶了幾隻老鼠回來，庭院裡泛出一股廁所的臭氣，很快要下雨了，我心裡說，我仰天躺著，四肢癱軟動彈不得，工作和啤酒已使我筋疲力竭，我整整幹了兩天，清出了地下室，使數以百計的小老鼠喪了命，這些溫順的小動物，牠們也是一無所求，只是啃點兒書本，在廢紙堆裡做個窩，繁衍後代，在安逸的洞穴裡哺乳幼崽，小老鼠把身體蜷成一個團，恰像我的吉普賽姑娘在寒冷的晚上身體蜷作一團睡在我身旁。天道不仁慈，但也許有什麼東西比這天道更為可貴，那就是同情和愛，對此我已經忘記了，忘記了。

6

三十五年來我用水壓打包機處理廢紙，三十五年來我一直認為除了像我這樣處理廢紙之外，沒有別的辦法，可如今我卻聽說在布勃內區有一種巨型打包機，其功效可以抵上二十臺我現在用的打包機。目睹過這種機器的人對我說，它打出的包，每個有三四百斤重，都用堆高機送到火車上，我心裡說：「你得去見識見識，漢嘉，你得親自去瞧瞧，作一次禮節性的訪問吧。」我去了布勃內，當我看到那個驚人的玻璃建築，大得跟威爾遜小火車站似的，聽到它轟隆轟隆地運轉聲時，我不由得渾身戰慄，不敢再看它了，有一刻鐘的工夫我站在那裡目光轉向別處，然後俯身去繫鞋帶，無法正視這臺機器。我這人從來就是這樣，當我在一堆廢紙中瞥見一本珍貴書籍的書脊或封面時，我不是馬上走去把它取來，而是找塊鋼絲絨去擦拭機器的滾筒，過了一會兒我才凝目注視那堆廢紙，心裡還暗自琢磨不知自己有沒有這分力量去把書拿起來，翻開它，唯有在確信有了把握之後，我才伸手把書撿起來，那書在我手裡就跟聖壇前新娘手中的花束一樣瑟瑟顫抖。很久以前我就是這樣了，那時我代表村裡的俱樂部踢足球，我明明知道球隊成員的名單要星期四才會在多爾尼小飯館的櫥窗裡張貼出來，可是我星期三就揣著一顆怦怦亂跳的心趕去了，我跨著自行車站在那兒，從不敢馬上朝櫥窗望一眼，卻仔細端詳櫥窗上的那把鎖，端詳櫥窗的框架，然後花好長時間讀我們俱樂部的名稱，最後才看一眼那張成員名單，然而，星期三那上面的名單還是上週的，於是我離開了那裡，星期四我又去了，跨著自行車站在那裡，仔仔細細把所有的東西都看了又看，唯獨不看那張成員表，直到我的心情終於平靜下來，我才一點一點仔細讀那張名單，先讀第一隊，然後預備隊，最後少年隊，直至我看到自己的名字列在替補隊員中，我才喜不自勝。現在，我以同樣的心情站在布勃內巨型打包機前，當我的震驚稍稍平靜下來之後，我鼓起勇氣舉目觀看，這臺機器巍然聳立，直頂到了大廳的天花板，宛如布拉格小城區的聖尼各老教堂裡的那座又高又大的祭壇。這臺機器比我預想的還要大，傳送帶那樣寬，那樣長，就跟霍日蕭維茲發電廠緩緩把煤塊送到爐柵下面的傳送帶一樣，但這裡緩緩傳送的是白色的紙和書籍，一些年輕的男工和女工把這些書籍放在上面，他們的服裝和我們這些其他廢紙打包工勞動時穿在身上的完全不一樣，他們手上戴著橘紅色或天藍色的手套，黃色的美式有簷小帽，工裝褲吊得齊胸高，兩條背帶搭過肩膀交叉在背上，露出裡面色彩鮮豔的毛衣和高領絨衣，在這裡我看不到一盞電燈，光線和陽光透過四壁和玻璃頂棚照射進來，頂棚上裝著通風設備，那些彩色手套使我格外感到自卑，因為我一向都是光著手幹活的，可以享受摸摸紙張的樂趣，可是在這裡誰也沒有那種願望去體驗一下廢紙給予感官的無與倫比的魅力，傳送帶載著書籍和切割下來的零碎白紙條往上移動，正像瓦茨拉夫廣場的電扶梯把行人送到上面街道那樣，把這些書和紙直接送進那只大得跟斯米霍夫啤酒釀造廠的大鍋一樣的機槽，槽裡裝滿了，傳動帶便自動停止運行，垂直的螺絲旋槳從頂上降落，以駭人的巨力把紙張壓碎，然後美妙地噴著氣升高，回到頂棚上，傳送帶再次運行，書本和紙張顫動著，直接落進那只橢圓形的槽裡，它大得猶如查理廣場的噴水池。現在我已相當平靜，我注意到這臺打包機處理的是成批成批的新書，透過玻璃牆我看見卡車在運來一包包的書，堆得都高過車斗的圍板了，成批成批的新書直接送去紙漿廠，沒有一頁弄髒過人的眼睛、大腦和心靈。直到這會兒我才發現，傳送帶的一端有一些工人在拆包，取出嶄新的書本，撕去封面和封底，只把乾淨的書瓤拋到傳送帶上，書落下來時書頁翻開著，沒有人看它一眼，事實上要看也不可能，因為傳送帶上必須裝滿，不允許停頓，不像我那樣可以在機器旁邊停下來，這兒，在布勃內，這分工作沒有人性，活像一艘捕鯨船，一網魚拉上船尾，船員們分揀出大魚和小魚，把它們拋上不同的傳送帶，直接送進船艙裡的罐頭加工裝置，一條接一條的魚，一本接一本的書。我鼓起勇氣踏著階梯登上圍繞著橢圓形機槽的平臺，走在這上面確實有到了斯米霍夫啤酒廠的釀造車間繞著大鍋走的感覺，在這種鍋裡，一次可釀造五十萬公升的啤酒，我倚著欄杆站在那裡，彷彿站在兩層樓高的鷹架上俯視下面，只見操縱臺上幾十個按鈕閃著五顏六色的亮光，猶如發電廠似的，螺旋槳在運轉，碾碎槽裡的書本，力量如此巨大，猶如一個人心不在焉地在指間捻碎一張車票。我驚惶地舉目四顧，又看看下面正在勞動的男女工人們，陽光透過玻璃牆面照在他們身上，色彩鮮豔的服裝、毛衣、帽子，看著令人眼花繚亂，這些工人五彩繽紛，彷彿是一群來自異域的鳥兒，像翠鳥、挪威的紅腹灰雀、鸚鵡，但令我恐懼的並非這個，我感到恐懼不安是因為我突然準確無誤地看出了，這臺巨型機器將是對所有小打包機的致命打擊，我突然明白了，我看到的這一切意味著我這個行業已進入了一個新紀元，這些人已經與我不同，他們以另外一種方式工作著。我意識到小廢紙收購站的那種微小的歡樂結束了，那是當我們發現有些書被錯誤地當作廢紙扔掉的時候，在這裡我看到人們的思維方式也不同了，因為即使每個工人可以從每種出版物中拿一本帶回家去作為福利，即使他也可能閱讀，但是對於所有我的打包工同夥來說，對於我來說，一切都已結束，我們這些老打包工都是在無意中獲得學識的，不知不覺中家裡都有了一個規模不小的書庫，這些書是我們在廢紙中發現的，我們閱讀它們，感到幸福，希望有一天我們讀的書將會使我們的生活有所改變。然而，給予我的最大打擊莫過於看到這些年輕工人竟不知羞恥地喝著牛奶和飲料，他們兩腿岔開，一隻手架在腰上，嘴巴直接對著瓶口津津有味地喝著，於是我知道以往那個時代確實結束了，在那個時代，工人們跪在地上幹活，光著兩隻手，打架似的對付那些廢紙，因此每個舊式工人都累得半死，渾身汙濁，幹活時得把身子滾進去。可是在這裡一個新的時代開始了，新人，新的勞動方式，一個新時代，幹活的時候喝牛奶，儘管人人知道，這樣一頭牛是寧可渴死也不會喝牛奶的。我看不下去了，便繞著機器走了一圈，我看見它的成果了，一個極大的包，穩穩地落在堆高機的叉架上，蜥蜴般的堆高機一顛一顛轉過身，朝一條坡道駛去，從那兒確實徑直送進火車的車廂，那個包大得驚人，猶如奧爾尚內墓園裡大戶人家的墓碑，猶如維爾特姆牌的防火保險櫃，我把兩手舉到眼前，兩隻髒手，手指幹活幹得扭曲了，跟葡萄藤的枝子似的，我望著它們出神，隨後厭惡地一甩，兩條胳膊便來回地晃悠著，現在午休開始了，傳送帶停止運轉，我看見工人們在一塊大布告牌下面坐下來，布告牌上貼滿了通知、告示、小字條之類，工人們面前個個放著一瓶牛奶，他們拆開送飯女工用木箱送來的午餐，消消停停地吃著，用飲料和牛奶把香腸、乾酪和奶油捲送下肚去，嘻嘻哈哈地說笑、聊天，我聽到的片言隻語不禁使我緊緊地抓住了欄杆，我得知原來這些年輕人是社會主義勞動隊的，他們每星期五坐著工廠的大轎車去克爾科諾謝山的工廠休養所度假。吃完午飯他們點燃了菸捲抽菸，我又得知他們去年去了義大利和法國，今年準備去保加利亞和希臘，看到他們那樣平靜地統計去希臘的人數，還相互鼓勵勸說大家都去登記，再看他們脫光上身晒太陽，我就一點兒也不驚訝了，他們一邊晒太陽還一邊討論下午是去金色浴場游泳呢，還是上摩德尚去打球或踢足球。去希臘度假這事使我不勝震驚，我自己只是透過讀赫爾德[37]和黑格

37 約翰·戈特弗里德·赫爾德（Johann Gottfried Herder），德國批評家、哲學家及路德派神學家，浪漫主義的先驅。

爾的著作才神遊了古希臘，讀了尼采才對世界採取了戴歐尼修斯[38]的觀點，實際上我從未度過假，我的假期幾乎統統用來補償我欠下的工作日了，因為我每無故缺勤一天，主任就以假期扣除兩日計，即使我還剩下一天半天的假期，我也用來加班，因為我的工作總是落後，院子下面和院子裡的廢紙永遠堆積如山，遠遠超出了我有能力完成的量，因此三十五年來我天天都生活在薛西弗斯[39]情結之中，正如沙特先生和卡繆先生那麼生動地描繪的，尤其是卡繆先生，院子裡的包運走得越多，落進我地下室的廢紙也就越多，無窮無盡，然而社會主義勞動隊在這裡卻每天都能如期完成任務，這會兒他們都在工作了，晒得黑黑的，工作時的陽光照射使他們希臘式的身軀顏色更深了，假期去希臘，這件事絲毫沒有使他們情緒激動，他們對於亞里斯多德、柏拉圖，以及歌德——古希臘的外延——想必一無所知，他們若無其事地幹著活，繼續把書的封皮撕去，扯下書瓤，把驚恐萬狀、嚇得毛髮倒豎的書頁扔到移動著的傳送帶上，他們無動於衷，若無其事，這樣一本書可能意味著什麼，對此他們沒有親身感受，一本書畢竟得有人寫出來，有人得校訂，有人得閱讀，有人得畫插圖，有人得排字，有人得看校樣，有人得改排，有人得再看校樣，有人得最終改排，有人得把它送上機器，有人得最後一次看版面，一版一版送上別的機器、裝訂機，有人得搬書，裝箱，有人得為這本書和印刷這本書結算帳目，有人得決定這書不宜閱讀，有人得批判這書，下令銷毀，有人得把這些書放進庫裡，有人得重新把它們裝上卡車，有人得把一包包的書運到這裡，由戴著紅色、天藍色、黃色和橘紅色手套的工人們撕去書皮，把書瓢扔上傳送帶，它不出聲但準確無誤地抽動著，把這些毛髮倒豎的書頁送進打包機，打成包，送進造紙廠，製成潔淨的、雪白的、沒有文字汙跡的紙張，以便用來印成別的新書……我倚在欄杆上俯視下面的勞動，卻見一位女教師領著一隊兒童來到了陽光下，

38 戴歐尼修斯（Dionysus），希臘神話中的酒神。

39 根據希臘神話，薛西弗斯（Sisyphus）是一個自私、狡猾、罪惡多端的人，為此死後受到懲罰，要他永不停息地向山上推石頭，石頭剛推到山頂就又滾落下來，又得重新開始。

我心裡說這是女教師帶領孩子們參觀來了，讓孩子們看看廢紙是怎麼處理的，哪想到女教師拿起一本書來叫孩子們注意看著，要他們看明白她是怎麼把書撕開的，孩子們看明白了，一個接一個地拿起書，扯下包書紙和封皮，小手抓住書頁使勁地撕著，儘管書在負隅頑抗，最後還是孩子的小手勝利了，孩子們眉心舒展了，他們幹得像工人一樣順利，工人們一邊幹活，一邊朝他們點頭以示鼓勵……我不由得想起那次我去參觀利布什區家禽飼養場，那裡的年輕女工像孩子們揪下書內臟一樣揪出掛在傳送帶上的活雞內臟，她們敏捷地把肝、肺和心臟揪下來，扔在準備好的桶裡，傳送帶則顛動著把雞送往下一道工序，我站在那兒看著，只見那些利布什姑娘們工作時嘻嘻哈哈，有說有笑，而坡道上放著上千個鐵絲籠，關著活雞和半死的雞，有幾隻雞從籠子裡鑽出來了，趴在拖車的圍板上，有幾隻在地面上啄食，竟全沒有飛走的意思，沒有想到要逃脫傳送帶上的鐵鉤，在那兒年輕姑娘們捉住牠們的脖子，把牠們掛在鉤子上，這些雞關在籠裡，十隻一籠……我看著孩子們怎樣學習撕書，他們幹得已很順利，熱得脫去了T恤和小毛衣，然而，有幾本書卻詭計多端，百般頑抗，致使一個小男孩和一個小姑娘扭傷了手指，倔強的硬書皮還弄髒了他們的小手，女工們見了便接過這些桀驁不馴的書本，嘶地一聲扯出了書瓤，隨手一扔，把毛髮倒豎的書頁扔上了傳送帶，女教師給那兩個孩子包紮了手指。天道不仁慈，我看不下去了。我轉身走下扶梯，臨出門時卻聽到背後有人在喊我：「漢嘉，你這孤單老人，你瞧瞧這兒怎麼樣呀？」我回過身，只見一個頭戴橘紅色美式有簷小帽的年輕人站在欄杆旁邊的陽光裡，他一手舉著滿滿一瓶牛奶，演戲似的站在那兒，活像紐約高舉火炬的自由女神，他笑著朝我搖搖牛奶瓶，我看見所有其他男女工人都在笑，他們大概喜歡我，認識我，剛才我在這裡轉悠，感到幻滅時，他們一直在注意我，我見了這臺巨型機器和見到他們時流露出來的震驚神態，他們全看在眼裡了，感到高興……此刻他們嘻嘻哈哈地笑著，舉起一雙雙黃色和橘紅色的手套在空中揮動，我兩手抱著腦袋跑進了走廊，身後響起了一片不同音調的笑聲，我在一條長長的、兩側排著上千包書的走廊上飛快地跑著，躲避這笑聲，成批成批的書排列在兩側，我往前跑的時候，它們在向後退。跑到長廊的盡頭我停下腳步，忍不住撕開一包看看裡面是什麼書，原來孩子們在撕的，使兩個孩子扭傷了手指的是《卡亞．瑪希克》的小說[40]，我抽出一本翻到封底，我看到印數是八萬五千冊，共三卷，也就是說超過二十五萬冊的書在徒然和兒童的小手指搏鬥著……我心情平靜了下來，又穿過了幾條走廊，兩側都堆放著成千包的書，它們靜靜地、無助地排在那裡，恰似我參觀利布什家禽飼養場時看到的雞，儘管從鐵絲籠裡鑽了出來，在傳送帶附近溜搭、覓食，但遲早要被姑娘們捉住，活活地掛在傳送帶的鉤子上，割斷喉管，這些雞還沒有機會一顯身手，只是剛剛開始牠們周而復始的命運，卻不得不過早地死亡，就像這裡堆積的書一樣。如果我去希臘，我心裡說，我將去亞里斯多德的誕生地斯塔基拉朝聖，如果我去希臘，我一定會繞著奧林匹亞的場地跑一圈，穿著長內褲，鞋帶綁在腳踝上跑一圈，以示我對歷屆奧林匹克獲勝者的敬意，如果我去希臘。如果我和這些社會主義勞動隊隊員一起去希臘，我將給他們上課，講所有的自殺者，講狄摩西尼[41]，講柏拉圖，講蘇格拉底，如果我和這些社會主義勞動隊隊員去希臘……然而，這裡已是一個新的時代，新的世界，這些年輕人活得好不自在，也許世界上一切都變了，不同了。我沉思著從後門走下我的地下室，走進陰暗和燈泡的照明中，空氣臭烘烘，我撫摸我那臺打包機上磨得發亮的粗糙的槽邊，那些顯現出年代陳久的木邊，我站在那兒，突然間我聽到一聲叫嚷，一聲痛苦的吼叫，我轉過身，卻見迎面站著我的主任，他兩眼充血，大聲嚷嚷，衝著天花板痛心疾首地咆哮，說我跑開了那麼久，院子裡跟地下室的廢紙都堆得頂到天棚了，我不太明白他怒吼些什麼，可是我感覺得出我是一個讓人厭惡的傢伙，已讓主任沒法忍受了，他多次重複著兩個字，還是從未有人對我說過的，他說我是蠢貨，蠢貨，蠢貨。布勃內的巨

40 編註：《卡亞・瑪希克》（*Školák Kája Mařík*）為捷克作家華格納洛伐（Marie Wagnerová）於一九二六年後以筆名菲利克斯・哈伊（Felix Háj）發表的一系列小說，內容描述主人翁卡亞從學生時期至結婚生子的故事。

41 狄摩西尼（Demosthenes），古希臘政治家、雄辯家，曾領導雅典人民進行近三十年反對馬其頓侵略的鬥爭。

型打包機、社會主義勞動隊和我是道德上的對立面，那麼我是蠢貨，我比這臺小打包機更不值錢，勞動隊隊員夏天去希臘，而我是蠢貨。於是整個下午我沒有休息，一口氣幹到底，把廢紙裝進槽裡，彷彿我是在布勃內幹活，亮閃閃的書脊朝我頻送秋波，可是我不加理睬，一個勁地反覆說：「不，不行，一本也不許看一眼，你必須冷酷無情，像個朝鮮的劊子手一樣。」我這麼幹著活，彷彿用鐵鍬鏟的是無生命的泥土，打包機瘋了似的運轉著，它氣喘吁吁，抽搐著，馬達發燙，不習慣於這樣的速度，在這地下室它經常鬧感冒，患風溼症，我口渴極了，便跑出去，穿過院子買來一瓶牛奶，喝下它時，每一口都彷彿在嚥著鐵絲網，可我堅持一小口一小口地嚥著，猶如小時候用小匙子服魚肝油，這牛奶就那麼令人厭惡，兩小時後，觸及天花板的廢紙堆矮了一些，露出了通往院子的洞眼，那是星期四，像每星期四一樣，我照例心情激動，等待著康米紐斯大學圖書館的管理員送一筐子書來，那是圖書館清除下來的，管理員站在洞口，把滿滿一筐哲學著作傾倒下來，落在我的腳邊，我把這些書鏟進槽裡，只瞥了一眼——是《道德形上學基礎》，我的心快要碎了，但我舉叉把它叉進槽裡，猶如叉掉電線桿上掛著的鐵皮箱裡的垃圾，我一個勁兒地幹著幹著，打成一個個包，沒有裹上古代或現代繪畫大師的複製品，只是一包一包完成我的任務，我領工資就是為這個，什麼藝術、創造美，只是幹活而已，我開始明白，我倘若這樣子幹活，我一個人就可以成立一個社會主義勞動隊，自己立下保證書，提高生產率百分之五十，為此我不僅肯定能去工廠療養所，而且能去美麗的希臘度假，在那裡我將穿著長內褲繞著奧林匹克競技場跑一圈，去亞里斯多德的故鄉斯塔基拉朝聖。我不時舉起牛奶瓶，嘴湊著瓶口咂一口牛奶，一邊下意識地幹著活，心裡想我還不是蠢貨，我無動於衷地、野蠻地工作著，像布勃內在巨型打包機旁工作的人一樣，到了傍晚，當我完成任務，證明我並非蠢貨時，主任正在辦公室後面的浴室裡淋浴，在嘩嘩響的蓮蓬頭下他對我說，他再也不跟我白費勁了，他已給管理處打了報告，請求把我調到別處去打包。我坐下來發了一會兒呆，聽著主任用毛巾在擦乾身體，灰色的毛髮沙沙作響，突然我懷念起曼倩卡來，她已多次給我來信，說她住在克拉諾維采，邀請我去看她。於是我在骯髒的腳上套了一雙襪子跑上街，匆匆追上一輛公共汽車，天快要黑了，我心情沉重，在林間小鎮下了車，打聽曼倩卡的住址，終於在黃昏時分來到了一座林中小屋面前，夕陽正在屋背後落下，我推開門進去，可是無論在過道還是在前廳都不見人影，廚房和臥室也沒有人，我通過一扇敞開著的門走進了花園，在這裡，我的吃驚甚至超過了上午在布勒內。在一棵大松樹和琥珀色天幕的襯托下——天幕上夕陽正在徐徐沉入地平線——一尊碩大的雕像在那邊高高聳立，它大得有如維諾赫拉德區的切赫公園裡的切赫紀念像，一部梯子架在雕像上，梯子上站著一個老頭，身穿淺藍色的罩衫，白長褲和白皮鞋，他正揮動鐵錘在石頭上雕鑿著，那是一個美麗的女人頭像，不，它既不是女人的頭像，也不是男人的，而是具有兩性特點的一張天使的臉龐，在這張臉上已不再有性別之分，因而也不再有婚姻之說，那位老先生不時扭頭俯視下面，那位坐在一把椅子上，聞著手裡一枝玫瑰花的，正是我的曼倩卡，老先生抓住她臉上的特徵，用鑿子和輕輕敲擊的鐵錘，正在把這些特徵搬到石頭上，曼倩卡頭髮已經灰白，但剪得短短的，彷彿教養院的女孩子，又像女運動員理的男孩髮式，使她顯得超凡脫俗，她的眼睛一隻長得比另一隻低一些，這使她增添了幾分高貴氣，她的一隻眼睛看上去甚至有點兒斜視，可是我知道，這不是眼睛長得有缺陷，那隻斜視的眼睛確實過去和現在都在不間斷地越過無限之門，注視著一個等邊三角形的中心，存在的中心，她斜視的眼睛，誠如某位信天主教的存在主義者所描繪的那樣，象徵著鑽石中永遠無法避免的瑕疵。我站在那兒看呆了，最使我吃驚的是雕像上的那兩隻白顏色的大翅膀，大得猶如兩口白色大櫥櫃，而且這對翅膀，這雙羽翼，彷彿在動著，彷彿曼倩卡在輕輕地扇著翅膀，彷彿她即將騰飛，或者在天空翱翔之後，一秒鐘前剛剛降落在那裡，我親自看到了，這個一向害怕讀書，一生中除卻為了催眠從未讀完一本正

---

42 斯瓦托普盧克・切赫（Svatopluk Čech），捷克作家、記者、詩人。

經書的人，如今在生命的旅程將要結束時贏得了聖潔……暮色漸濃，夜已來臨，老藝術家還站在白梯子上，白長褲和白皮鞋在閃光，彷彿是從天上懸掛下來的，曼倩卡向我伸出溫暖的手，她挽著我的胳膊告訴我說，這位老先生是她的最後一個情人，是她和男性交往的長鏈中最後的一環，由於他只能在精神上愛她，因此決定為她造一尊像以彌補這個不足，造一尊像，讓她活著的時候在花園裡觀賞，去世後立在她的墓上當作鎮棺石。老藝術家站在梯子上，藉著月光還在為雕像臉上的神韻拚搏，月亮剛升起，給藝術家鑿子的一起一落照著亮，曼倩卡領我去參觀她的小屋，從地窖直看到頂樓，一邊用低低的聲音向我敘述天使怎樣向她顯靈，她聽從了天使的吩咐找來一個掘土工，她用自己的全部積蓄買下了林中一塊空地，掘土工給她挖了地基，同她在帳篷裡過夜，後來她把掘土工打發走了，找來一個砌磚匠給她砌了所有的牆，晚上同她在帳篷裡過夜，之後曼倩卡找來一個木匠，幫她新房上的木匠活兒全部幹了，晚上同她過夜，這次已是在小屋裡，睡在唯一的床上，之後她打發掉這個木匠，找來一個管線工，和他像木匠一樣睡在同一張床上，管線工給她做了所有的鐵活兒，之後管線工同樣被打發走了，換了一個瓦匠，和她做愛，給她的房頂鋪了石棉水泥瓦，瓦匠也被打發走了，換了一個刷牆的，給她把所有的牆面和天花板都抹了白灰，晚上和她睡在一張床上，之後他也被打發走了，換了一個細木匠給她做了家具，曼倩卡就這麼靠著她的床和一個明確的目標蓋起了這座房子，不僅如此，她還找來一位藝術家，柏拉圖式地愛著她，給她雕刻一尊天使形狀的曼倩卡像。說著，我們回到了原地，畫完了曼倩卡圓圈形的生活軌跡，梯子上，一雙白皮鞋和兩條白褲腿走下來，彷彿從天上走下來似的，淺藍色的罩衫已和月色融為一體，難以分辨，白皮鞋踩到了地面，灰白頭髮的老頭和我握手……說曼倩卡已把我和她的事全給他講過了，說曼倩卡是他的繆斯，賦予他那樣充沛的創造力，使他得以代替上帝雕刻一尊曼倩卡像，一尊溫柔天使的巨像……我搭乘末班火車離開克拉諾維采回到家裡，喝得酩酊大醉和衣躺在床上，躺在堆著兩噸重書籍的天幕下，我躺在那兒，心想曼倩卡無意中已成為一個她從來不曾夢想過的人，爬到了那樣的高度，是我一生中未見有人達到過的，而我呢，我不斷地讀書，從書本中尋找預兆，可是書本卻聯合起來跟我作對，我一次也沒有得到上天的啓示，曼倩卡憎惡書，她卻成了現在這樣的人，成了人們紛紛描寫的人物，不僅如此，她甚至張開那雙石頭翅膀騰飛了，當我離去時，那兩隻翅膀在月光下熠熠生輝，猶如黑夜裡帝國城堡的兩扇燈光耀眼的窗戶，這雙翅膀帶著曼倩卡飛翔了，把我們的 love story 遠遠地拋在了後面，拋掉了那幾根緞帶，也拋掉了金峰下她帶在滑雪板上出現在雷納飯店遊客面前的那堆糞便。

7

三十五年來我用打包機處理廢紙，三十五年來我認定這分工作將永遠這個樣子幹下去，這臺機器將隨我一起退休，然而，誰曾料到我上布勃內去參觀了那臺巨型打包機之後三天，和我全部夢想截然相反的事情發生了。我去上班，那裡站著兩個年輕人，我一眼便認出他們是社會主義勞動隊隊員，渾身上下像是去踢足球的，橘紅色手套，橘紅色的美式有簷小帽，藍工裝褲吊得齊胸高，背帶下面露出綠色高領絨衣。主任得意洋洋地把他們領到地下室，指給他們看我的機器，兩個年輕人馬上就像在自己家裡一樣了，他們在桌上鋪了一張乾淨紙，把牛奶瓶放在上面，我則站在那兒感到丟臉，挨了兩記悶棍，心情緊張，突然一下子，我的肉體和靈魂都意識到了，我將永遠無法適應這個變化，我的處境有如當年某些修道院的僧侶們，當他們得知哥白尼發現了新的宇宙定律，地球並不像大家公認的那樣是宇宙的中心之後，他們便集體自殺了，因為他們無法想像能有另一個樣子的世界，一個與他們迄今生活於其中，為他們所熟悉的世界不相同的世界。後來主任對我說，我可以去掃院子、打雜，或者乾脆什麼也不用幹了，因為下星期我將調到梅朗特立克印刷廠的地下室去捆白報紙，除了捆白報紙，別的什麼也不幹。我的眼前不由得一陣黑，我，一個處理廢品和廢紙幹了三十五年的打包工，經常可以指望從臭烘烘的廢紙中撈出一本珍貴書籍來作為額外收入的人，沒有了這種指望無法生活，現在卻要去捆沒有斑點、沒有人性的白紙。這個消息把我擊倒在地下室的第一級樓梯上了，我坐在那兒，渾身癱軟，呆若木雞，雙手無力地垂在兩膝之間，臉上擠出一個笑容，望著那兩個年輕人，這事絲毫怪不得他們，人家打發他們上斯巴萊納街開打包機處理廢紙，他們就來了，因為這是他們的麵包，他們的職業。我看到他們怎樣用叉子把廢紙叉進槽裡，按動綠色和紅色按鈕，我抱著荒謬的希望，盼著我的機器起來罷工，誑稱患病，佯裝齒輪和傳動裝置卡住了，但是，我的打包機背叛了我，它一反常態，轟隆轟隆地飛旋著，彷彿血氣方剛，臨了還叮叮噹噹一陣響，從第一包起，每打出一個包就叮噹一陣，彷彿在嘲笑我，彷彿要顯示唯有到了社會主義勞動隊手裡它才有了用武之地，才得以發揮全部才賦。我不得不承認，這兩個年輕人在這兒才幹了兩個小時，他們就像幹了多少年那樣熟練了，兩人分了工，一個爬到觸及天花板的廢紙堆上，用鉤子直接把廢紙鉤進槽裡，一個小時後又打出了五個包，主任不時來到院子裡的洞口俯身朝下張望，舉著他那兩隻肥胖的爪子看演出似的鼓掌，目光則死死地盯在我身上，用義大利文喝采道：「真棒，棒極啦！」還用俄文補上：「能幹的小伙子！」我半閉起眼睛，想走開去，可是兩條腿不聽使喚，我被羞辱得渾身癱軟了，我的機器發出的可惡叮噹聲火一般地燒灼著我，它宣告壓力馬上將達到頂點，壓板轉眼就要停下來。隨著鐵叉在空中閃動，我看見一本書飛進了槽裡，我起身把它揀了出來，在工作服上抹了抹，貼在胸口過了一會兒，它溫暖著我，儘管它是涼的，我緊緊地摟著它，活像一位母親摟著自己的孩子，像科林鎮的揚．胡斯[43]塑像把《聖經》抱在胸前，抱得那樣緊，甚至把那本《聖經》一半壓進了自己的身體。我望著那兩個年輕人，他們沒有看我，我把書舉到他們面前，他們瞥了一眼，彷彿什麼事也沒有發生，我鼓足勇氣瞧了一下封面，不錯，是一本好書，查爾斯．林白[44]寫的一本關於人首次飛越海洋的書。我像平時一樣，立刻想到了弗朗基克．史都爾姆，聖三一教堂的司事，他收藏有關航空的各種書刊，因為他深信伊卡洛斯[45]是耶穌的先驅，不同的是伊卡洛斯從天上掉了下來，跌進海裡，而耶穌則由一顆一百八十噸重的阿特拉斯運載火箭送進了地球軌道，至今統治著他的地球王國。我心裡說，今天我要最後一次給弗朗基克的小研究室送去這本描寫林白如何戰勝海洋的書。這以後我的微小樂趣就告終了。我蹣跚地穿過院子，主任正滿面紅光地在給一個名叫海德薇契卡的賣廢紙的小姑娘過秤，像每次一樣，他先秤小姑娘和送來的廢紙，然後再秤小姑娘本人，這是主任的老規矩，我喜歡書，他喜歡年輕姑娘，對所有的姑娘他都像現在一樣，先秤姑娘和廢紙，然後去掉廢紙光秤姑娘，把她們的體重一一記在一個小本子上，他調侃姑娘們，動手動腳，全然不在乎身邊有人冷眼旁觀，他抱著她們的腰，把她們舉到磅秤上，擺正她們的姿勢，彷彿要給她們攝影似的，每一次，他都給每個姑娘詳細講解勃克爾磅秤的使用方法，一面講一面把手放在她們的腰、她們的乳房上，他每次指著秤上的數字給她們看時，照例像現在這樣，站在海德薇契卡的身後，兩手摟著她的腰部，腦袋湊到她的頭髮上，色迷迷地聞著她的髮香，下巴擱在她的肩上指點著數字，隨後騰一下跳到一旁，把磅秤上的鈎一推，歡叫著向小姑娘祝賀，說她的體重沒有增加，他把這個數字記在小本子上，然後伸出雙手，再一次摟著她的腰，嘴裡喊著：「喲！」把她像抱下臺階那樣抱下地，一面抱一面聞她的胸

---

43 揚．胡斯（Jan Hus），捷克宗教改革家，曾任布拉格教區長、伯利恆教堂宣教士及布拉格大學校長，一四一五年被康士坦斯大公會議宣判為異端，受火刑而死。

44 查爾斯．林白（Charles Lindbergh），美國飛行員，因獨自完成橫越大西洋的不著陸飛行而聞名世界。

45 根據希臘神話，伊卡洛斯（Icarus）為能工巧匠代達洛斯（Daedalus）之子。代達洛斯給自己和兒子用蜂蠟、羽毛做成雙翼，飛上天空。但伊卡洛斯飛得過高，太陽把蜂蠟晒化，伊卡洛斯落海而死。

脯，之後像每次一樣，他自己站到磅秤上，要海德薇契卡給他秤體重，秤的時候他仰起頭，衝著天棚嘶叫，活像一頭老公鹿見了小母鹿時興奮地伸長脖子歡叫，秤完之後，海德薇契卡得把主任的體重寫在一扇已堵死的房門門框上。我穿過院子和過道，走到外面的陽光中，然而對我來說滿眼都是一片陰暗，我來到教堂只見弗朗基克・史都爾姆擦機器似的在擦著祭壇的四壁，一看便知他心不在焉，思緒飛向了別處，他也是個不走運的倒楣鬼，一向愛好給報紙撰稿，報導當地有人腿骨折的小消息，每星期一專欄報導有關打架鬥毆的事件，這些事件照例以當事人神志昏迷送進醫院或警車告終，除了給《捷克言論》和《晚報》寫這類報導之外，他對其他工作一概沒有興趣，可是他當教堂司事的父親去世了，弗朗基克接替了父親的職位，當了教堂司事，但腦海裡卻總在寫稿，報導老城區和新城區所有的醉漢鬥毆消息，此外，他稍有空閒便跑回神父住宅區的自己那間屋子，一屁股坐進主教的雕木大圈椅，隨手拿起一本航空方面的書便激動地讀了起來，讀那些記敘新飛機和飛機製造師的故事。這類書弗朗基克肯定已收藏了二百冊以上，我把地下室發現的那本遞給他，他擦擦手接了過去，從他臉上的笑容我立刻看出這書在他的小藏書室裡還沒有，他看了我一眼，我感到他的目光在緊緊地擁抱我，他的眼睛甚至潤溼了，我意識到那美好的時光，我的地下室帶來微小歡樂的美好時光已經結束，我永遠不再有機會給弗朗基克．史都爾姆送來安慰了。我們兩人正站在一對天使的羽翼下，這對其大無比的天使由鎖鏈繫著，懸在聖壇的上方，這時房門悄沒聲地推開，神父輕輕走過來，乾巴巴地對弗朗基克．史都爾姆說，他得換上法衣去行祝福禮了。於是我離開教堂，在上午的陽光中躑躅，走過聖達陡祈禱臺時，我停下腳步站了片刻，回想我曾怎樣在這裡祈禱過，祈求聖達陡顯個靈，讓那些可怕的卡車，就是從屠宰場給我運送可惡廢紙的卡車一輛輛都滾進伏爾塔瓦河裡去，連車帶貨滾進去，我還回想起，那時候我喜歡開玩笑，從廢紙堆中揀出幾顆星貼在帽子上，故意跪在那裡，聽著路過的舊時代地主高聲議論：「太好了，工人階級已經爬回十字架前面來啦！」現在我站在那兒，帽子拉到眼睛上，突然，一個念頭在我腦中閃現，何不跪下來試它最後一次呢?跪下來祈禱，祈求聖達陡行個奇蹟，唯有奇蹟才能幫助我回到我的打包機旁，回到我的地下室，回到我的書籍中去，沒有書我無法生活，我正要跪下時，卻不料美學教授一頭撞在我的身上，他的眼鏡片在陽光下閃爍，彷彿兩只玻璃菸灰缸，像平時一樣他手裡拿著個公文包，神色慌張地站在我面前，我頭上戴著帽子，因此他問道：「那年輕人在嗎？」我想了想，說他不在。「上帝啊，莫非他病了？」教授顯得很不安。我說：「不是病了，不過，我對你直說了吧，再不會有魯特的文章了，不會有恩格姆勒的評論了……」我從頭上摘下帽子，美學教授越發驚慌了，他甚至跪在了地上，舉著一根手指點著我喊道：「您就是那個年輕人，您也就是那個老頭？」我戴上帽子，把帽簷拉到額上辛酸地說：「是的。不過，再也不會有過期的《民族政策報》了，再不會有《民族報》了，他們把我趕出了地下室，您明白了嗎？」我邁步朝前走去。朝著我走了三十五年的院子的通道走去。教授跟隨著我，在我身旁跳來跳去，圍著我轉，拉我的袖子，塞給我一張十克朗的鈔票，接著又塞了一張五克朗的，我低頭望著這兩張鈔票，辛酸地說：「這是要我好好找一找？」教授兩手搭在我的肩膀上，透過厚厚的鏡片睜大一雙眼睛看著我，他點點頭，喃喃地說：「是的，您好好找一找。」我說：「找一找，可是找什麼呢？」他完全不知所措了：「找另外一種幸福……」他輕聲耳語，鞠了一躬，往後退了幾步，然後轉身走開了，彷彿急於離開發生了不幸事件的現場。我拐進院子的通道，只聽得我那臺打包機叮叮噹噹地響著，聲音那樣歡快，活像雪橇上的鈴聲，載著醉醺醺的婚禮賓客在奔馳。我無法再往前走，我連看一眼我的打包機都不行了，我扭身出門，走在人行道上，陽光耀得我兩眼發花，我站在那裡不知朝哪兒走好，在這場暴風雨中，我曾經那般信賴的書本竟沒有一本前來解救我，一言一語都沒有，我那麼站著，後來無可奈何地又踅回聖達陡祈禱臺，癱倒在祈禱凳上，頭埋在手掌裡，也許我睡著了，也許我打了個盹，也許我進入了幻境，也許我被落在我頭上的不公正弄得有點神經失常，我雙手搗著眼睛卻看見我的打包機變成了巨型打包機中的最巨大的，它那樣高大，把整個大布拉格圈在它的四壁間了，我看到當我按下綠色按鈕時，機身的兩側便動了起來，它們大得有如攔水堤壩，我看到第一批房屋倒塌了，像小老鼠一樣在我的打包機中滾動，機板不費吹灰之力朝前推去，朝前推去，摧毀著面前一切擋住去路的東西，我俯瞰布拉格城，只見市中心的生活依舊按常規進行，但在市郊，我的巨大的打包機在推進，所過之處變得一片荒涼，現在機器的四壁同時朝市中心靠攏，我看到體育場、教堂和公共建築物，我看到大大小小的街道，一切都在倒塌，我的啓示錄打包機不容任何東西逃脫，連一隻小老鼠也不讓，此刻我看見布拉格宮倒下了，另一邊民族博物館的金色圓頂倒下了，伏爾塔瓦河的河水在升起，可是我的打包機有著可怕的力量，一切反抗在它面前猶如院子下面地下室裡的一張廢紙，我看到巨型打包機這會兒加快了速度，把已摧毀的一切集中到一堆，我看見了我自己，看見聖三一教堂倒在我身上，看見我已不見了，我已被壓碎，和磚瓦、木料以及祈禱臺混在了一起，於是我只聽見電車和公共汽車怎樣在斷裂，機器的四壁收攏得越來越緊，但瓦礫堆中間仍有足夠的空檔，破磚碎石的黑暗中仍有空氣，這會兒空氣透過大打包機的四壁在嘶嘶作響，湧到上面，噴了出來，混雜著人們的哀哭，我睜開眼睛，看到荒涼的大平原中心立著一個大得嚇人的包，一個立方體，邊長五百公尺，也許還要長一些，我看到整個布拉格連同我自己、我所有的思想、我讀過的所有的書，我整個的一生都壓在這個包裡，不比一隻小老鼠更有價值的一生，在我的地下室和廢紙在一起被社會主義勞動隊壓碎的小老鼠……我驚訝地睜開眼睛，發現自己還跪在聖達陡祈禱臺的跪凳上，有一刻工夫我木然呆望著扶手上的一條裂縫，後來我站起來，望著電車上的紅條紋，望著來往的汽車，望著川流不息的行人，在斯巴萊納街，人們從不停步，全都急匆匆地從民族大街趕往查理廣場或者反過來，人行道很狹窄，因此人們不停下來，只是匆忙地走著，我被撞來撞去，便靠在神父住宅的牆上，木然呆望，這時忽見弗朗基克·史都爾姆從神父住宅區的大門裡走了出來，他像往常一樣穿著節日的禮服，甚至還繫了領結，一本正經地邁下臺階，大概像平時一樣正要朝我們的院子走去，可是這會兒瞥見了我，於是朝我走過來，照例鞠了一躬，問道：「您是漢嘉先生吧？」我像過去在院子裡或在地下室時一樣回答說：「是我。」弗朗基克．史都爾姆把一個信封遞到我手裡，鞠了一躬，回神父住宅區的小屋去換衣服了。弗朗基克．史都爾姆從來都是如此，每當我給他送去一本對他的小藏書室來說是有價值的書，他便像今天一樣換上禮服，戴硬領，繫高麗菜葉子般的領結，鄭重其事地給我送一封感謝信，我照例立即把信拆開，像以往一樣，這是一封很正式的書信，雪白的信紙，上端花俏地印著「弗朗基克．史都爾姆微生物實驗室」的字樣，信上寫道：「尊敬的先生，我代表微生物實驗室向您致謝。您贈送的查爾斯．林白所著《我飛越海洋》豐富了我們的藏書，希望今後仍將得到您的惠賜。」下面的署名是「弗朗基克．史都爾姆微生物實驗室，弗朗基克．史都爾姆」還蓋了一顆弗朗基克．史都爾姆微生物實驗室的圓印章……我沉思著走到查理廣場上，像以往一樣把這封感謝信撕了，我知道這是最後一封，因為在我的地下室，我的機器，我光榮的打包機背叛了我，給這些微小的歡樂敲了喪鐘。我無可奈何地站在查理廣場，呆望著教堂面牆上閃閃發亮的依納爵．羅耀拉像，一輪光環從他周圍放射出來，他立在自己教堂的面牆上，歡快的金色線條勾勒出他的輪廓……然而，我看到的不是光環，而是一只豎著的金色澡盆，臥在盆中的塞內卡[46]直立著，這是在他用刀子割破了手腕上的血管之後，向自己證明了他的想法是正確的，他沒有徒然寫了那本書，一本我喜愛的書——《論心靈之安寧》。

46　塞內卡（Seneca），古羅馬雄辯家，悲劇作家，哲學家，政治家。曾擔任皇帝尼祿（Nero）的教師，並爬到權力的頂點。後由於政敵指控他參與批索陰謀（Pisonian conspiracy）而被賜死。

8

我身體靠在黑啤酒釀造廠快餐部敞開的玻璃牆上，喝著波波維茨卡牌的十度啤酒，心裡暗自說：「打這會兒起，夥計，一切就全得看你自己啦，你得逼著自己到人群中去，你得自己找樂趣，自己演戲給自己看，直到你離開自己，因為從現在起，你永遠只是繞著一個令人沮喪的圓圈轉，你往前走卻意味著回到原處，是的，『progressus ad originem』也就是『regressus ad futurum』，你的大腦不過是一臺碾壓各種思想的打包機而已。」我站在陽光中喝著啤酒，望著查理廣場上的人流，全是年輕人，年輕的學生，每個年輕人的腦門上都佩戴著一顆星，年輕人是英才的幼芽，我看到他們眼中迸射著力量的光芒，我也曾迸射過同樣的光芒，直到主任說我是蠢貨。我身子倚在欄杆上，電車來來往往，車上的紅條紋看著令人愉快，我有的是時間，我可以上聖方濟各醫院去看看，據說通往醫院二樓的樓梯是用斷頭臺的木料改成的，捷克貴族在老城廣場被處死之後，聖方濟各教團買下了整個絞刑架；或者我可以去斯米霍夫區的什麼地方逛逛，那兒的金斯基花園有一座亭子，亭裡的地板上有個暗鈕，一踩它牆就開了，有蠟像會走出來，就跟彼得堡的珍奇屋一樣，有個六趾瘸子月夜誤踩了按鈕，沙皇蠟像坐在椅子上出來了，舉著一根手指威脅他，誠如尤里·丁雅諾夫在他的小說《蠟像》中生動描繪的那樣。不過，我多半哪兒也不去，我只消閉上眼睛，我想像的一切便比現實更為真切，我寧可看看過往行人和他們三色堇般的臉龐，年輕的時候，我也曾對自己懷有美好的希望，有一個時期，我想我應該打扮得漂亮些，我買了一雙涼鞋，在當時那是一種時髦貨，只用幾根皮繩和帶扣製成，穿這種鞋子我得配上一雙紫襪套，媽媽為我織了一雙，我第一次穿上這雙涼鞋出外時，約了一位女性友人在托爾尼小飯館見面，那天雖是星期二，我卻忽然心血來潮，想去看一看櫥窗裡是不是公布了我們足球隊的陣容表，我來到布告欄面前，先把那個鎖眼的金屬邊仔細看了一通，然後才走近去看那張球隊陣容表，但那張表是上週的，儘管如此我還是把它又從頭至尾讀了一遍，因為我感覺到我穿著紫襪子的右腳踩在了什麼又大又潮溼的東西裡，我把那張將我的名字列在最後的陣容表從頭至尾又讀了一遍，因為我沒有勇氣低頭看一眼，待到我終於看了時，才知我正踩在一大灘狗屎裡，我那隻僅用幾根皮繩和帶扣製成的涼鞋已經整個陷在裡面了，於是我再緩慢地、一個名字一個名字地把青年組十一個成員的名字，包括我自己作為候補隊員的名字又從頭至尾讀了一遍，可是我低頭看時，我仍然站在那可怕的狗屎堆裡。我舉目朝林中空地望去，只見我約會見面的姑娘正從大門裡走出來，於是我解開鞋扣，脫下紫襪子，把它連同涼鞋和一束鮮花統統扔在我們足球俱樂部的布告欄下，自己逃到村外的田野裡，在那兒我深深地思考了一番，我想莫非命運之神在警告我，因為那時為了有機會接觸書，我已

47 編註：尤里·丁雅諾夫（Yury Tynyanov），蘇聯作家、文學評論家、譯者，為俄羅斯形式主義派的重要人物。

有意要當廢紙站的打包工。我從吧檯買了一杯又一杯的啤酒，端到露天酒座旁邊的自動販賣機旁，身體靠著欄杆站在那兒喝，陽光耀得我瞇縫起眼睛，我心裡想，何不去克拉羅夫走走呢，克拉羅夫教堂裡大天使加百列的大理石像很漂亮，藉此機會還可以看看那間美麗的懺悔室，是神父用裝載加百列大理石像的木箱上的木料做成的，松木製成的木箱裝著大理石像從義大利運到此地，我怡然閉上了眼睛，哪兒也沒有去，我喝著啤酒，腦海裡出現了我自己，在那倒楣的紫襪子和涼鞋事件之後過了二十年，一天我走在斯塞新[48]的郊區，偶爾來到了跳蚤市場，在一幫子窮商販的末尾，我看到有個人在兜售一隻右腳的涼鞋和一隻紫襪套，我敢打賭那正是我的涼鞋和紫襪套，連尺碼我也估計正確，四十一號，我站在那裡彷彿看見了幻象，這小販的信念令我不勝驚訝，他竟然相信有個獨腳人會來此購買涼鞋和紫襪子，相信什麼地方有個殘疾人只有一條右腿，腳的尺碼為四十一號，為了給自己增添幾分魅力，這個殘疾人懷抱著希望會遠道上斯塞新來購買一隻涼鞋和一隻襪子。在這個富於幻想的小販旁邊站著一個老婦人，兜售她手裡拿著的兩片月桂樹葉，我極其驚愕地走開了，我的那隻涼鞋和那隻紫襪子在經歷了許多地區之後，又回到了我的面前，彷彿是對我的譴責。我退還空酒杯，越過電車軌道，公園的沙子路在我腳下吱喳吱喳地響，猶如踩在雪地上，麻雀和燕雀在枝頭啾唧，我呆望著一輛輛的嬰兒車和坐在長凳上仰著臉晒太陽的媽媽們，我在橢圓形的游泳池旁邊站了很久，光著身子的兒童在池子裡游泳，我看見了他們的小肚皮和背帶褲留在他們身上的痕跡，加利西亞虔誠教派的猶太人常繫一根色彩鮮豔的、有條紋的腰帶，把身軀分為兩截，比較討人喜歡的一截，包括心、肺、肝和腦袋，以及只可勉強容忍的、不重要的一截，即腸子和性器官那截。天主教的神父們則把這道區分線提高到脖子上，把教士硬領看作一個明顯的標誌，突出大腦獨一無二的至高地位，因為大腦是上帝蘸手指的托盤，我望著嬉水的兒童和他們光裸的身體上背

48 編註：斯塞新（Szczecin），位於波蘭西北部，為該國的第二大海港。

帶褲留下的清楚條紋，我想到了修女們，她們用無情的布條把腦袋纏得嚴嚴實實，只薄薄地片下一張臉龐，嵌在上了漿的頭盔裡，猶如F1賽車的選手，我看著這些在水裡拍濺著水花游動的光身子小孩，他們對性還一無所知，他們的性器官，誠如老子教導我的，卻已暗中成熟[49]，我想到神父和修女的那些布條，猶太人虔誠派的腰帶，我暗自尋思，人體是一只計時的沙漏，在下面的到了上面，在上面的到了下面，兩個互相銜接的三角形，所羅門王的印記，他年輕時寫的《詩篇》和年老時論「虛空的虛空」的《傳道書》之間的和諧。我的目光飛向依納爵．羅耀拉教堂，號角般的金色光環在閃閃發光，奇特的是，我國文學巨匠的塑像幾乎全都是癱瘓在輪椅上的，榮格曼、沙法里克、帕拉茲基，一個個都僵坐在椅子上，連貝特馨公園的馬哈也得輕輕靠在柱子上[50]，而天主教的雕像卻個個充滿了運動感，彷彿都是運動員，總是像剛在網上扣了一球，剛跑完一場百米賽，或者剛以一個旋轉的動作把鐵餅遠遠地扔了出去，他們的目光總是看著上方，彷彿舉著雙臂在接上帝打來的一個高飛球，用砂岩雕刻的基督教雕像都有足球隊員的風采，高舉雙臂歡呼，因為剛勝利地踢進了一球，而雅羅斯拉夫・夫爾克利茨基的雕像卻是倒在一張輪椅上。我跨過瀝青馬路，從陽光中走進契謝克飯館，酒吧間裡光線幽暗，顧客們的臉一張張都像閃光的面具，身軀則被黑暗吞沒了，我下樓走進餐廳，在那裡越過一個人的肩膀看到牆上寫著馬哈曾在這棟房子裡創作了他的《五月》[50]，我坐了下來，但舉目朝上一瞥，不禁吃了一驚，這裡的電燈跟我地下室裡的一模一樣，我站了起來，衝出門外，卻迎面撞到了我的一個老相識身上。他喝得醉醺醺，馬上伸手摸出小錢包，在一沓紙條裡翻找了許久，最後抽出一張遞給我，我看了一下，原來是酒精中毒防治站的化驗報告，上面寫道：「持證人血液

49 老子《道德經》中有：赤子「未知牝牡之合而峻作，精之至也」句。

50 約瑟夫・榮格曼（Josef Jungmann），捷克民族復興時期的詩人、語言學家。帕維爾・約瑟夫・沙法里克（Pavel Josef Šafařík），斯洛伐克文學史家、語言學家和歷史學家。法蘭提塞克・帕拉茲基（František Palacký），捷克歷史學家和文化組織者。卡雷爾・馬哈（Karel Mácha），捷克民族復興時期著名詩人，代表長詩《五月》（*Máj*）。

中未見一滴酒精，以此證明。」我把化驗報告疊起還給了他，這位老相識，他的名字我已忘記，他告訴我說他由於想改邪歸正，喝了兩天牛奶，誰知這就造成他今天早晨走路跌跌撞撞，他的老闆認定他喝醉了，打發他回家，扣除他兩天假期，於是他馬上跑到防治站，做了檢查，檢查結果後來正式寫在公文紙上：「血液中未見一滴酒精。」防治站還打了電話，批評老闆說這樣做打擊了工人的積極性，為了慶祝他手中握有一張正式文件，證明他血液中未見一滴酒精，他從早晨起便開懷痛飲，一直喝到現在，他邀我和他去乾上一杯，還說我們倆不妨再試一次「障礙滑雪大賽」，幾年前我們玩過，幾乎每次都翻了船，只有一回走運，順利通過了所有的目標。可是，我對「障礙滑雪大賽」已忘得精光，連路線也想不起來了，我的老相識——他的名字我也已忘記——一心要找我參加，便興沖沖地給我描繪開了，他說，我們將從霍夫曼酒店開始，在那裡喝一杯啤酒，然後穿過下一個目標弗拉霍夫卡酒店，之後是小角酒店，從那裡出來一路下滑到失落守衛酒店，之後直闖米萊爾酒店，然後到紋章酒店，每一處只叫一杯啤酒，以便節省時間去闖下一個目標雅羅米克酒店，之後去拉達酒店，喝一杯啤酒之後馬上開路，轉移到查理四世酒店，隨後直線下滑，筆直來到環球快餐店，之後放慢滑速，穿越下兩個目標豪斯曼酒店和啤酒廠酒店，從那裡出來跨過電車軌道到瓦茨拉夫王家酒店，接著通過下面的目標普基爾酒店或者克洛夫達酒店，之後我們還可以越過道達酒店和墨丘利酒店，直奔勝利標前面的最後一站巴摩夫卡酒店或者肖萊勒快餐店，末了，如果時間來得及，整個障礙滑雪大賽將在霍爾基酒店或羅基察內酒店告終……在描述這一賽程時，他醉醺地伏在我的肩上，我掙脫了他，離開了契謝克酒店，走進查理廣場的花圃中間，那裡盛開著賞心悅目的人臉似的三色堇，崇拜太陽的遊人已追著陽光移到夕陽照射著的長凳上，我走出那裡不覺又回到了黑啤酒釀造廠的快餐部，要了一杯蘭姆酒，接著喝了一杯啤酒，隨後又要了一杯蘭姆酒，我們唯有被粉碎時，才釋放出我們的精華，透過樹枝我看到新城塔堡上的氣光鐘已在黑暗中發出光亮，當我還是個小男孩的時候，我曾幻想如果我當了百萬富翁，我要給所有的城市大鐘裝上磷光字盤和指針。打包機處理的書在做最後掙扎，極力要掙斷身上的繩索，肖像畫，臉上皺得有如蘑菇的老人，伏爾塔瓦河上吹來一陣風，吹過了廣場，我喜歡這風，我喜歡黃昏時分走在萊特納大街上，河水送來陣陣芬芳，還有斯特洛摩夫卡公園裡草坪和樹木的清香，這會兒街上的香味是伏爾塔瓦河上吹來的，我走進布班尼契克酒店，坐下來心神不屬地要了一杯啤酒，兩噸重的書堆在我睡覺的腦袋上方，快頂到天花板了，達摩克利斯之劍每天懸在我的頭上，是我自己把它懸掛在那裡的，我是個蹩腳小學生，拿回家的是一張分數不及格的成績單，小氣泡鬼火似的往上升起，三個年輕人在角落裡彈著吉他低聲歌唱，每一種生物必定有其天敵，永恆大廈的憂傷，美麗的古希臘文化作為典範和理想，正統的舊式中學和人文主義的大學，與此同時首都布拉格的下水道和陰溝裡兩個鼠族在進行著殊死戰鬥，右褲腿的膝蓋部位有點兒磨破了，綠松色和緞面的紅色裙子，無力的雙手猶如折斷了的一對翅膀，農村肉鋪掛著大得嚇人的豬腿，我諦聽著下水道嘩嘩的水聲。臨街的店門推開，一個大漢走了進來，他身上透著一股河水的氣息，突然，出乎大家的意料之外，他抓起一把椅子猛地砸成兩半，舉著斷椅腿把驚惶失措的顧客們驅趕到一個角落，三個年輕人嚇得身體貼在牆上站在那裡，活像雨中的三色堇，大漢嚷嚷著要殺人，手裡舉著的棒子眼看就要劈下來，可是就在這最後一瞬間，他忽然用椅腿打著拍子低聲唱了起來：「灰色的小鴿子，你在何方？」他一面輕輕地唱著，一面打拍子，唱完之後他扔掉椅腿，賠償了椅子，走到門邊時他回身對膽戰心驚的顧客們說：「先生們，我是劊子手的幫凶……」說罷神色沮喪、失魂落魄地走了，興許他就是一年前的那天夜裡我在霍日蕭維茲屠宰場附近遇見的那個人，他用芬蘭刀頂著我，把我逼到一個角落，掏出一張紙來給我朗讀了一首歌詠日恰尼[51]農村美麗風光的小詩，讀完之後他向我道歉，說眼下他找不出別的辦法讓別人聽聽他的詩。我付了啤酒和三杯蘭姆酒的帳，走進微風

51 編註：日恰尼（Říčany），位於捷克中部的小鎮，距離布拉格約二十公里。

吹拂的街道，我又來到查理廣場，新城塔堡上明亮的大鐘顯示著沒有意義的時間，沒有哪裡需要我急急趕去，我已懸掛在空中，我穿過拉薩爾斯卡大街，拐進一條小巷，沉思著開了收購站後門的鎖，手掌在牆上摸索，摸到了電燈開關，我擰亮電燈發現自己已在地下室，在這兒我曾用打包機處理廢紙，幹了三十五年，新的廢紙堆得像山一樣高，穿越天花板上的方洞口擠進了院子，為什麼老子說誕生是退出，死亡是進入[52]呢？有兩樣東西永遠使我的心裡充滿新的、有增無減的驚嘆，閃爍的夜光，說實話，幹這分活得有神學院的學歷，樣樣事情使我驚愕不已，我按了一下綠色按鈕，隨即又關上了，我開始抱起一大把廢紙扔進槽裡，鋪平，在小老鼠的眼睛裡我看到了比綴滿繁星的天空更多的東西，吉普賽小姑娘睡眼惺忪地走來了，機器輕輕地動著，猶如演奏者在玩弄一支手風琴，我揭開紙箱上蓋著的波希[53]的繪畫複製品，從墊著聖像畫的書箱中找出了那本書，上面有普魯士王后索菲．夏洛特對侍女說的一段話：「你不要哭，我為了滿足自己的好奇心，現在要親自去到那個地方，看一看連萊布尼茲也無法向我說清的事情，我將跨越生和虛無的界線……」打包機叮叮噹噹地響著，紅色按鈕亮了，推板退了回來，我放下手中的書，給槽裡上料，機器塗了油，滑溜溜的，有如開始融化的冰，布勃內的巨型機將代替十臺我在操作的這號打包機，這方面沙特先生和卡繆先生描寫得很生動，尤其是卡繆先生，亮閃閃的書皮在向我眉目傳情，梯子上站著個老頭兒，藍大褂、白皮鞋，翅膀的扇動捲起了一片塵土，林白飛越了海洋。我關掉綠色按鈕，攤平槽裡的廢紙，鋪墊成一張小床的模樣，我依舊是原來的我，沒有什麼可以羞愧的，我依舊為自己感到自豪，像塞內卡跨進浴缸一樣，我一條腿跨進槽裡，我等了片刻，然後另一條腿也跨了進去，我把身子縮做一團試了試，爬起來跪在槽裡按一下綠色按鈕，馬上轉身蜷縮在

52 老子《道德經》中有「出生入死」句。

53 耶羅尼米斯·波希（Hieronymus Bosch），荷蘭中世紀晚期著名畫家。

機槽裡的小床上，在廢紙和幾本書的中間，手裡牢牢地攥著一本諾瓦利斯[54]的作品，手指按在向來使我激動不已的那一句上，我幸福地微笑著，因為我開始和曼倩卡和她的天使一樣了，我開始跨進一個我還從未去過的世界，我擁著的那本書中，有一頁寫道：「每一件心愛的物品都是天堂裡百花園的中心。」我不去梅朗特立克印刷廠的地下室捆白報紙，我像塞內卡一樣，像蘇格拉底一樣，我選擇了倒在我的打包機裡，倒在我的地下室，也就是說在這裡升天，雖然壓板已在擠壓我縮在下巴底下的雙腿和其他部位，我拒絕被趕出我的天堂，我在自己的地下室，沒有人能把我從這裡趕出去，沒有人能把我調離這裡，一個書角頂著我的一根肋骨，我不由得呻吟起來，我彷彿注定要在自己製造的刑具上認識最後的真理，壓板像一把兒童用的摺疊刀在朝我闔攏，在這真理的時刻吉普賽小姑娘出現了，我和她一塊站在奧克羅烏赫利克公園，天上飛著我們的風箏，我牢牢地拉著風箏繩，我的吉普賽小姑娘這會兒從我手裡接過那團麻繩，她獨自在放了，兩腿分開使勁站穩在地上，免得飛上天去，後來她把一張紙條順著風箏繩送上天空，在最後一刻我看見了，紙條上是我的臉孔，我驚叫了一聲……睜開眼睛，我呆呆地看著膝上，我的手裡抱著一大束連根拔出的三色堇，衣襟裡全是泥土，我木然望著地上的沙子，當我抬起眼睛時，卻見燈光下我的面前站著穿綠松色裙子和緞面紅裙的人，我把頭往後仰了仰，原來是我的那兩個吉普賽女人，她們打扮得很漂亮，她們背後，新城塔堡大鐘上的指針和字盤透過樹叢閃著明亮的光，穿綠松裙子的那個搖著我的身體喊道：「大叔，看在上帝和救世主的分上，您在這兒幹什麼？」我坐在長凳上愚蠢地微笑，什麼也不記得了，什麼也看不見，什麼也聽不見，因為我也許已經到過天堂裡百花園的中心。因此我也無法看見，無法聽見我那兩個吉普賽女人怎樣挽著兩個吉普賽男人的手臂，踏著波卡舞步，吵吵嚷嚷地穿過查理廣場的花圃，從左邊轉向右面，在鋪著細沙的那條小徑彎道上消失了，消失

---

54 諾瓦利斯（Novalis），德國早期浪漫派詩人，他的散文詩《夜之讚歌》（*Hymnen an die Nacht*）把死亡讚頌為在上帝面前過一種更高尚的生活。

在濃密的灌木叢後面。

一九七六年七月

國家圖書館出版品預行編目(CIP)資料

過於喧囂的孤獨 / 博胡米爾 . 赫拉巴爾 (Bohumil Hrabal) 作 ; 楊樂雲譯 . -- 四版 . -- 臺北市 : 大塊文化出版股份有限公司 , 2024.12
144 面 ; 14 x 20 公分 . -- (to ; 16)
譯自 : Příliš hlučná samota
ISBN 978-626-7388-86-0(平裝)

882.457 113004244